黒狼辺境伯と番人公女

結婚できなかった二人のお見合い事情

星　霄　華

S Y O U K A　S E I

一迅社文庫アイリス

CONTENTS

ザカアライア

アクアネル辺境伯。
いくつもの武勲をあげていることから、
“アクアネルの黒き狼”として国内外に
知れ渡っている護国の英雄。
女性には不慣れとも
言われている。

セレスト

キングスコート大公家の令嬢。
第二王子の不貞現場を目撃したことで、
婚約は解消。現在は気象観測の仕事に
従事している。水の性質にかかわる異能を
持つため「水読みの姫」と呼ばれている。

ダーレン
セレストの従兄である、アクアネル領の気象観測所の所長。

フェデリア
セレスト付きの護衛を兼ねた侍女。

結婚できなかった二人のお見合い事情 黒狼辺境伯と番人公女

Kokuro henkyohakuto Banninkojo

CHARACTERS

用語説明

キングスコート大公家
国一番の貴族であり、王国全土の気象観測を司る役目を負った一族。

ケルトレク領
キングスコート大公家が治める王都郊外の領地。

アクアネル辺境伯領
隣国と国境を接している領地。馬の名産地としても知られている。

リグドムの森
水の精霊が時折訪れる泉がある森。

精霊
大自然の力を具現化したような存在。

異能
大自然の力を操ったり、精霊と交流できる者。

預言の異能
精霊の言葉を理解することができる者。

イラストレーション◆あのねノネ

Kokurohenkyohaku to Banninkojo

黒狼辺境伯と番人公女　結婚できなかった二人のお見合い事情

序章

どこへ行かれたのかしら、もう。

隅々まで整えられた、白い壁と臙脂《えんじ》の屋根の王城を背景にした夕暮れの庭園。その中で周囲を首をめぐらせて歩きながら、少女は心の中でため息をついた。

白銀の髪が腰までまっすぐ流れる、可憐《かれん》な少女だ。最高級の布地で仕立てられた普段着をまとった身体《からだ》は白く華奢《きゃしゃ》。左手首には透かし細工を施した幅広の銀の腕輪がはめられ、腕の細さを強調している。

顔立ちはまだ幼さが見えるものの、構成する部位の形や色はどれも素晴らしいし配置も絶妙だ。歳《とし》に不相応な落ち着きのある空気が、彼女を童顔の大人《おとな》のように錯覚させている。咲きはじめたばかりの凛《りん》とした花の精。あるいは水の女神の御子《みこ》。社交界でこの少女をそう表現する者がいるのも無理ないことだろう。

そんな彼女は一人で婚約者を捜していた。先ほど城内で彼の部下に会ったところ、人と会う約束をしていると一人でどこかへ行ったきりまだ戻っていないというのだ。

これから晩餐《ばんさん》会なのに。急ぎの公務は済ませているらしいからいいものの、一体どこで何をしているのだろうか。彼らしくない。

　こちらのほうへ歩いていくのを見たという警備の兵士の話を頼りに、少女は庭園を奥へと進んでいく。まだ見つけられない焦《あせ》りで表情は曇り、足も自然と速くなっていた。空に重苦しい色の雲がたれこめてきたからというのもある。

「……？」

　人気《ひとけ》のない静かな辺りを歩いていた少女は、不意に聞こえてきたひそやかな声に眉《まゆ》をしかめた。何を言っているのかはわからないが、声の調子からすると男女の会話だ。

　女がくすくす笑い、ねえと甘えている。男もまた何ごとかを返している。

　その意味がわからないほど、少女は幼くはない。

　どうしてこんなところへあの方は足を向けているのかしら。しかも、時間を忘れて話しこんでいるなんて。

　不安と不快感で一層眉間《みけん》にしわを刻み、少女は足を速めた。今すぐ探し人を見つけ、この場から立ち去りたい。

　その願いは、すぐ叶《かな》えられた。

　少女が何気なく首をめぐらせた視界の端、刈りこまれた木々の向こうに彼はいたのだ。

　上着を脱ぎ捨てベルトも緩め、東屋《あずまや》のテーブルに座って太ももどころか胸元まであらわにした女と抱きあい、今まさに熱い口づけをかわしていた。

「……！」

少女はその場に立ちすくんだ。大きく目を見開き、息を呑《の》む。

その吐息や路面を踏む音を聞いてか、抱きあう二人は一瞬身を固くした。抱きあったまま顔を横へ向ける。

場にやってきたのが男の婚約者だと知った二人は、なんだ、とばかりに警戒の表情を緩める。

二人の目には少女に対する明らかな侮蔑《ぶべつ》がにじみ出ていた。

セレスト・ヴィド・キングスコート、十六歳。

そろそろ結婚式の準備をしないとな、と婚約者の父に王城の図書室で微笑《ほほえ》まれたその日。当の婚約者の不実を目撃した。

第一章　水読みの姫は仕事と趣味がお好き

自然豊かな大国ネイティィリアの王都郊外、ケルトレク大公領。王都へと続く街道上にある領都ラズセイルを見下ろす崖には、風通しがいいよう工夫がされた造りの真っ白な箱が鎮座している。

百葉箱と呼ばれている、雨や気温、湿度や風の強さなど様々な気象の計測機器の置き場だ。ラズセイルの街中にもあるのだが風は地上からの高さによって違いがあるため、この崖にも設置されている。

その百葉箱の前に、一頭の栗毛の馬が駆けこんできた。乗り手が手綱《たづな》を引くのに合わせ、いななないて足を止める。

「もうっセレスト！　速すぎるわよ！」

「ごめんなさい。でも競走だもの。本気でやらないと駄目でしょう？」

「……この馬好き娘……」

乗馬服の上に外套《がいとう》を重ね、作業していたセレストが首を傾けてにっこり笑う。容赦のなさに、馬に乗る少女はがっくりとうなだれた。

けれど競走しようと言ってきたのはこのエセル・グリアーソンなのだ。前回はセレストが勝ったので、雪辱戦だと燃えていた。セレストが一族きっての乗馬好きで技術習得にも熱心で、愛馬のコルヌコピアも大層速い名馬だというのに。

愛馬の背から下りたエセルは外に跳ねる赤茶の髪を揺らして首を振ると、それでと話題を変えた。

「記録はもう終わった?」

「いえ、あともう少しよ。だからちょっと待っててちょうだい」

言って、セレストは作業を再開する。百葉箱の中の計測機器を見ながら、開いた帳面に数字を記録していった。

セレストとエセルの一族――キングスコート大公家は、国一番の大貴族でありながらネイティリア全土の気象観測を司《つかさど》る役目を負った特殊な一族だ。

一族の者は幼い頃《ころ》から大自然についてのあらゆる知識を叩《たた》きこまれ、ケルトレク領の領地経営に従事しない者はネイティリア各地へ大自然の観測や調査に派遣される。そうして彼らが集めた大自然についての知識と情報は、ネイティリアの人々の生活に様々な形で役立てられていた。

そんな一族の本家の生まれ育ちなので、当然セレストも気象観測を学んでいる。ラズセイルのそばにある崖の上で上空に吹く風を計測する機器が示す数値を日々記録しているのも、学ん

だことの実践に他ならない。

とはいえ一族の当主の娘がこうして真冬に馬を崖の上まで駆けさせ、気象観測を記録する必要はないのだが。馬を走らせたいというだけで街中ではなく崖の上の担当を志願したのだから、見た目ほどにはしとやかではないのだ。

数値の記録が終わると百葉箱の扉を閉め、セレストはさらに空を見上げた。雲が少ない青空に異常がないか、目を凝らす。

「どう？　今日も異常なし？」

「ええ。今日もおかしなところは何もないわ。……でも」

帳面に空のことも記したセレストは、そこで一度言葉を切った。

「天気はよくなりそうにないわね。空に水気が多いわ。風も山へ向かっているし……雨になるかどうかはまだはっきりしないけど、今夜から三日先までは注意しておいたほうがよさそうよ」

「そう。じゃああとで護衛たちに伝えておくわ」

エセルは頷《うなず》くと、にっこり笑顔になって両手を打ち合わせた。

「じゃあ、ここでお茶にしましょう？　もうお勤めは終わったんでしょう？」

「ええ、エセルはお茶会のために来たものね」

くすくす笑ってセレストは応じた。エセルはもう鞍《くら》からくくりつけてあった鞄《かばん》を外し、お茶会の準備を始めていたのだ。

　冬の半ばにしては暖かな日差しの中。二人は残りの準備を終えると敷物の上に腰を下ろし、三角形に切った食パンを手にとった。一口食べてすぐ、エセルは顔をほころばせる。

「ああ美味《おい》しい。セレストの家のこの菓子パンはいつも絶品だわ。うちのも美味しいけど」

「たまに食べるから美味しいいし、いつも食べているから当たり前になるのよ」

　自分もパンに挟まれた生クリームと果物の味を堪能《たんのう》して、くすりとセレストは唇を笑ませる。

　エセルがセレストの家の菓子パンを褒めるのはいつものことだが、家のことを褒められるのはいつだって嬉《うれ》しいものだ。

「エセルもたまにはいつもと違うところへ行ってみたら？　ケルトレク領のどこかの気象観測に行かせてもらうとかして。他の領地の気象観測とか、現地調査もいいし。しばらく家を離れていれば、帰ってきたときに家の食事が違って感じられるわよ。私がそうだもの」

「そうかなあ」

「そうよ。フィリップ小父《おじ》様も見聞を広めるためだとお願いしたら、お許しになるんじゃないかしら」

　大公家の分家であるエセルの家は、ケルトレク領内に屋敷を構えて領地経営にかかわっている。そのためエセルの行動範囲は屋敷がある町が中心だ。町を離れて気象観測に精を出す武者修行は、家庭の味をよりよいものに感じさせてくれるに違いない。

でも、とエセルは肩をすくめた。

「今はちょっと無理そうなのよね。そろそろ私に見合いをさせようかって話があるみたいで。家を長いあいだ離れるようなことはしばらくさせてもらえないと思う」

「まあ、そんな話があるの？」

「ええ。一昨日、お父様とお母様がそういう話をしているのを聞いちゃったの。庭を歩いていたら、書斎の窓が開いていていて」

不用心よねえ、とエセルは呆《あき》れの息をついてパンにかぶりつく。

しかし良家の子女が両親の会話を盗み聞きしているのも、けして褒められたものではないのだが。これだけでも、セレストと気が合う理由がわかるというものだ。

それはともかく、大親友の婚約話なのである。セレストは好奇心で目を輝かせた。

「それで、相手はどこの家の人なの？」

「ウィンコット家のアーネストよ。あののっぽの」

「まあ」

セレストは思わず目を見開いた。

アーネスト・ウィンコットといえば、エセルの母方の親戚だ。一族の者ではないが昔からエセルの実家やケルトレク領内の社交の場にしばしば顔を見せているので、セレストも何度か会ったことがある。

そういえば先日エセルの実家に滞在したときも、アーネストさんが来たのよね。よくエセルのことを気遣《きづか》っていて……。

元々よく周りに気配りする人なので、そのときのセレストはいつもより甲斐甲斐《かいがい》しいわねとしか思わなかったのだ。けれど彼の本心は違っていたのかもしれない。

セレストはにっこり笑った。

「いい話じゃない。お互いに相手の取り繕っていない顔を知っているのだから、きっと無理をしなくても上手《うま》くやっていけるわ」

「セレストが言うと説得力があるわね……まあ私も、悪くないとは思うんだけどね」

複雑そうな表情と声音で言い、エセルは菓子パンをさらにかじる。眉《まゆ》を下げていて、なんとも悩ましいといった様子だ。憎からず思っているに違いない。

セレストは微笑《ほほえ》ましくなった。さりげない気遣いができるうえ優柔不断でもないあの青年なら、大親友のよき伴侶《はんりょ》になってくれるだろう。

頑張《がんば》ってちょうだい、アーネストさん。私も協力するから。

セレストは心の中でアーネストを応援した。二人が仲を発展させられるような場をもうけたほうがいいのかしら、とこっそり考える。

そんなセレストの計画に気づいているのか、いないのか。それより、とエセルは話題を変えた。

「セレストこそ、次の見合い話はないの？　そろそろ小父様も考えているんじゃない？」

「さあ、どうかしら。少なくとも私は聞いていないわ」

それに、とセレストは言葉を一度区切ってから苦笑した。

「仮に新しい見合い話がお父様のもとに届いていたとしても、どこかから聞きつけたお兄様が口出ししてきた挙句《あげく》台無しにするでしょうね。自分が認めた男じゃないと駄目だとか言って」

「あはは、確かに」

気象観測のためラズセイルを離れている次期大公の真っ黒な笑顔を想像したのか。エセルはけらけら笑った。

そう、『次』。セレストは第二王子と婚約していたが解消されている。

去年の春。第二王子がとある侯爵令嬢と密会している現場をセレストは目撃した。服を乱し肌をあらわにしていたのだ。何をしていたか、あるいはこれから何をしようとしているのかは明らかだった。

最初、非難するセレストを第二王子と侯爵令嬢は相手にしなかった。品行方正と評判の第二王子が浮気なんて誰が信じる――――とあざ笑っていたのだ。田舎《いなか》育ちの土臭い小娘は黙っていろとまで言い放った。

そんなとき、偶然にも庭園へ足を運んでいた国王とその側近が現れた。

国王は息子の不実を許さなかった。

国王はセレストと息子の婚約の解消を宣言すると、息子をすべての公務から外して領地での無期限の謹慎処分を言い渡した。事実上、王都と公職からの追放である。

さらには自分の領地から大公家に対して多額の慰謝料を支払うようにも、息子に厳命した。これらの処分の決定まで五日もかからなかった。

今はラズセイルを離れているセレストの兄も、溺愛してやまない妹を裏切った男を許さなかった。

セレストの兄はケルトレク領を除くネイティィリア全土で様々な仕事をしている一族の者たちに対し、一族以外の者に一切協力しないよう通達したのだ。

ネイティィリア各地にある気象観測所の多くは大公家の者を所長や要職に就けているし、大自然の研究にしても大公家が大きく貢献している。一族以外の者に一切協力しないとなれば気象予報が庶民に届かなくなることをはじめ、分野も身分も問わず被害が及ぶことになってしまう。

どう考えても王家への報復を超えている。最悪の事態を回避するため、セレストの父だけでなくセレストも兄の怒りを鎮《しず》めるのに奔走しなければならなかった。

この王家と大公家の激怒ぶりに、貴族たちが震えあがるのは当然のこと。国王が第二王子の非を全面的に認めて大公家に謝罪したことも公表されたので、セレストを寝取られ令嬢と嘲笑する者は誰もいない。

第二王子の浮気相手だった侯爵令嬢も、父親に勘当《かんどう》を言い渡されてからその行方を誰も知らない。城下の娼館《しょうかん》で働いているとも、第二王子が領地に連れ帰ったともいわれているがあくまでも噂《うわさ》だ。

ともかくそういう騒動を経《へ》て王都にある別邸からラズセイルへ戻って以来、セレストは自分の婚約について一度も話を聞いていない。気象観測や勉強に励み、時々領内での社交の場やこうしてエセルとの語らいを楽しむ日々を送っていたのだった。

食べ終えたセレストはまだ湯気が立っている紅茶を一口飲み、でも、と笑った。

「お父様が見つけてきてお兄様も認めた方と結婚するとしても、当分先がいいわ。ケルトレク領から出ることになったら、貴女《あなた》とおしゃべりできなくなるもの」

「とか言って、単にここで気象観測がしたいだけでしょ。セレストは仕事も大好きだもの」

「あら、ひどいわ」

からかうように言うエセルにセレストは口をとがらせる。けれどその表情は悪戯《いたずら》っぽいものだから、すぐ二人して笑った。軽やかな声が空に響いていく。

そうしてセレストがエセルとの話に夢中になって、しばらく。不意に馬の足音が聞こえてきた。

「……？」

セレストは目をまたたかせ、容器を皿に置くと音がするほうへ身体《からだ》をひねった。エセルも続く。

栗毛の馬がセレストたちの前で足を止めると、背に乗る人物の姿が明らかになった。

歳《とし》は壮年。刈りこんだ銀髪に口髭《くちひげ》。水色の瞳がいかにも穏やかそうな紳士である。

ラルフ・ヴィド・キングスコート。ケルトレクの領主にしてセレストの父だ。

セレストは目を丸くした。

「お父様？　仕事は終わったの？」

「ああ、うん。それでお前に話があるんだ。私はこれから外へ出て、戻ってくるのにしばらくかかりそうなのでね」

「……」

セレストは半眼になった。ここひと月あまり、父が外出していなかったのを思いだしたのだ。

でも、お父様の外出先といえば……。

娘からの疑いの眼差《まなざ》しが痛かったのか、馬から下りたラルフは眉を下げた。

「今回はちゃんと領内の視察だぞ。この冬は今のところ雪が少ないから、山のほうがどうなっているのか見てみようと思ってな。春になって雪解け水が足りないと、困ったことになりかねない」

「そうなの？　じゃあ私も一緒に行ったほうがいいかしら」

水はセレストの専門分野だ。最近はラズセイルから出ていないので、領地の他の地域への調査活動はいい実習にもなるだろう。

ラルフはなんとも言えない表情になった。

「……普通の貴族の娘ならそこで『じゃあ気をつけて行ってきてね、お父様』と言ってくれるものなんだがね、我が娘よ」

「私にそういうことを求めるのは無駄よ、お父様。そもそも、女も仕事をするのが珍しくない一族じゃない」

それに、とセレストは冷静に補足する。

「こうしてわざわざここまで来てくれたのは、私に急ぎの仕事を任せたいからじゃないの？」

そうでなくては視察へ行く前に話す理由がない。急ぐ必要がないなら、視察のあとに屋敷で話せばいいのだから。

すでにラルフが日取りまで決めた仕事を伝えにきた。そう考えるのが自然だ。

「……まったくお前は本当に賢い」

ラルフは長い息を吐きだした。それはどこか残念がっているように、セレストには聞こえた。

エセルはセレストとラルフの顔を交互に見比べた。

「えーと、じゃあ私は帰ったほうがいいですよね」

「いや、一緒にいてくれて構わんよ。隠すことでもない」

言って、ラルフはセレストとエセルの前に腰を下ろした。

「セレスト。アクアネル領が今どうなっているか、お前も知っているだろう」

「……去年の秋の終わりから雨が降ってもセディ川の水位が急激に下がったままだと、報告があったんじゃなかったかしら」

「ああ。だが調査しても原因を特定して解決するのは困難だそうでな。ダーレンの助言を受けたアクアネル辺境伯からの要請で、お前を調査員として派遣することにした」

瞳をめぐらせセレストが答えると、深く頷いてラルフはそう説明した。

ネイティリア各地にある気象観測所は国の機関ではあるが大公家の監督下にあり、担当する地域の詳細な気象や自然災害の報告を大公家に届けるのは業務の一つだ。原因不明の自然現象を調査し、領主に適切な対策を助言することもである。

アクアネル辺境伯領は国境となる山脈と森がある以外ほとんど平地で、普通は特殊な自然現象が起きる土地ではない。降水量が特に減ったわけでもないのに水位が下がり続けているのはおかしい。

だから現地で所長を務める分家の者も不審に思い、去年の暮れに詳しい調査と解決を大公家本家に要請するようアクアネル辺境伯に助言した――ということなのだという。

あー、とエセルは半笑いになった。

「それは確かにセレストが適任ですね。どこからどう聞いても」

「だろう？」

したり顔でラルフは頷くと、セレストのほうを向いた。

「お前は王都から戻ってきて以来ずっと、どこへも行かず仕事ばかりだろう。領内での社交の場にはそれなりに出ているようだが、牧場へは行っても競馬場には来ないし。私がよその競馬場へ行くときにもついてきてくれんし」

「……仕事の名目で娘を領地から追いだそうとしているようにしか聞こえないのだけど、お父様」

「そうでもせんと、お前はケルトレクから出ないだろう」

渋い顔をするセレストにラルフはさらりと言った。

「年明けの行事が終わってから迎えの馬車をこちらへ向かわせるとの手紙が届いたところだから、近いうちに来るだろう。これも勉強と思って行ってきなさい。少しくらい遊んで、帰りが遅くなってもいいから」

「……普通の親は娘の帰りが遅くならないよう、しつこく注意するものじゃないかしら」

「お前はさっさと帰りたがるに違いないから、わざわざ言う必要はないだろう？　辺境伯にのんびり領内をあちこち案内してもらってもいいくらいだ」

「……」

セレストは一層疑わしそうに父親を見た。いくら領地に引きこもっている娘を外に追いだすためとはいえ、親しいわけでもない領主に領地を案内してもらえというのはおかしくはないだろうか。

だってあのアクアネル辺境伯でしょう？　未婚の私が仕事を終えても滞在して、領内を案内していただいていいのかしら。辺境伯も日々の執務がおありでしょうし……。

そこでセレストはぴんときた。

「お父様。アクアネル領にはいい競走馬が集まる競馬場があるのかしら。それともお父様好みのお酒が？」

……あら？

何故《なぜ》かラルフの表情がものすごく残念そうになった。エセルからの視線も何言ってるのよといった心情がひしひしと感じられて、痛い。

ケルトレク領の温厚なよき領主であるラルフは、競馬と酒に並々ならぬ情熱を注いでいる。領内で酒の生産が盛んなうえ競走馬の牧場がいくつもあったり競馬場が賑《にぎ》わっているのも、領主の趣味の反映に他ならない。

セレストは兄共々、そんな父親の実益を兼ねた趣味に小さい頃から付き合わされてきた。だから仕事ついでにまた娘を趣味の世界に引きずりこむか、もしくは遣いをさせるつもりではないかと疑ったのだ。

しかしラルフの様子からすると、セレストの推測は外れらしい。では純粋に、領地に引きこもる娘を追いだすためなのだろうか。

ラルフは小さく息をついた。

「……いや、残念だがアクアネル領に競馬場はないよ。酒の名産地ではあるがね。馬の名産地でもあるのは、お前なら知っていると思うが」

「……」

意味ありげに視線を向けられ、セレストはぐっと言葉に詰まった。

そう、アクアネル領は馬の名産地なのだ。特に軍事や重い荷物を運ぶ目的のすぐれた重量種が有名で、ヴィド王国時代から王家に軍馬を献上したりもしてきた。アクアネル領のすぐれた軍馬を所有することは、それだけで騎士にとって自分の地位の高さや功績の証《あかし》とすらいわれている。

娘の反応に気をよくしてかラルフはにっこり笑った。

「仕事の合間か終わったあとにでも、辺境伯に軍馬の牧場を見学させてもらうといい。快く見せてもらえるだろう。乗せてもらうこともできるかもしれんな」

「……っ」

さ、策士……っ。

セレストはがっくりとうなだれた。

ラルフに幼い頃からあちこちの競馬場や馬の牧場へ連れまわされ、乗馬が当たり前の日々を送っていたおかげでセレストはすっかり馬大好き娘に成長した。馬の品種図鑑を愛読する貴族令嬢なんて、ネイティリアではセレスト以外いないに違いない。

そんなセレストにアクアネル領の牧場というのは、それこそ馬の眼前に甘いものを吊《つ》るすのも同然。ケルトレク領では見ることのない、重量種の仔馬《こうま》を見ることができるかもしれないのだ。行きたいに決まっている。

「……わかったわ。」

セレストは無駄な抵抗をやめた。

「それで、お酒をお土産《みやげ》にすればいいのね？」

「ああ。だがお前は酒に詳しくないだろう？　だから辺境伯に地元のよいものを選んでもらってくれ。高価なものでなくても構わん。口に合う酒は値段を見ればいいものが見つかるわけではないからな」

「はあ……」

そんなに熱く語られても。娘は酒に興味がないとわかっているのに、語ってどうするのか。

仕事内容や出立の準備などのことは家臣たちに聞くようにと言い残し、ラルフが去ったあと。

一部始終を聞いていたエセルは長い息を吐きだした。

「……親がしばらく外で遊んできていいよって言うのを疑った結果、競馬場とお酒って結論になるのが不思議なんだけど」

「だってあのお父様よ？　実際アクアネル領は馬とお酒の名産地だし」

「アクアネル領と聞いてそういうのを思い浮かべるのが、普通の貴族令嬢じゃないと思うわ。世間一般的には〝アクアネルの黒き狼《おおかみ》〟一択でしょ。ネイティリアの英雄なんだから」

「……まあ、そうなのでしょうね」

エセルに呆れられ、セレストは苦笑した。

ネイティリアは隣国ランストネと長年緊張関係にあり、しばしば侵略を受けている。そのたびにランストネの軍勢を退けているのが、国境を接するアクアネル領の騎士団だ。ネイティリア屈指の精鋭揃《ぞろ》いともいわれている。

当代のアクアネル辺境伯は先代の頃からそんな騎士団の一員として従軍し、いくつもの武功を挙げて勝利に貢献してきた。今やネイティリアでその功績を知らない者はいない、護国の英雄だ。

〝アクアネルの黒き狼〟という異名で国内外に知れ渡っていて、ケルトレク領の片田舎でも彼の武勇伝に憧れてごっこ遊びに興《きょう》じる少年たちをセレストは何度も見たものだった。

「セレストはアクアネル辺境伯に会ったことある？」

「いえ……記憶にないわ。ランストネからの襲撃に備えるために、あまり領地を空けられないのではないかしら。ランストネは数年おきにネイティリアへ攻めてきているもの」

公式行事での記憶を思いだしながらセレストは言った。

「会ったことのある方の話によると、あまり社交的な性格ではないそうよ。女性をあしらうのに苦労していらっしゃるのを見かねて、助けたこともあるくらいで。……そんな方ならもし私と同じ社交の場に参加していらしたとしても、なるべく目立たないようになさっていたのかもしれないわ」

「ふうん。物語に出てくる無骨な騎士様って感じなのね」

でも、とエセルはからかう笑みを浮かべた。

「それならなおのこと、ラルフ小父様は仕事ついでにお見合いのつもりかもしれないよ？　アクアネル辺境伯って二十代前半なんでしょう？　セレストにはそのくらい年上で真面目《まじめ》そうな人がぴったりだと思うけど」

「それは話が飛びすぎじゃないかしら」

一人盛り上がっているエセルにセレストは苦笑した。

「護国の英雄で女性に不慣れそうというだけで、よく知っているわけでもない方をお父様が私の見合い相手に選ぶとは思えないわ。第二王子殿下だって評判のいい方だったのに、私に婚約を積極的に勧めたりしなかったもの」

それに、とセレストは言葉を続ける。

「もしお父様が勝手に私の見合いを決めたと知ったら、お兄様は仕事を放りだしてお父様のところに怒鳴りこみかねないわ。そうなったとき私を味方につけておくために、お父様は最低でも私にはお見合いだと言うのではないかしら」

「あー……確かに」

エセルは半笑いでセレストに同意した。

セレストに第二王子との婚約を話したときにも、嫌なら断っていいと言ったのがラルフである。見合いをさせるなら慎重に相手を選び、さらにセレストの意思を尊重するはずだ。

セレストの兄も妹と第二王子の婚約成立のとき、国のためだと周りがしつこく勧めたからと激怒していた。セレストの見合いを父親が勝手に決めたなんて知れば、アクアネル領に多大な迷惑をかけるとしか考えられない。絶対にそれは避けなければ。

だから純粋な仕事に違いないと断定したセレストは、旅路に思いを馳《は》せてため息をついた。

「それより。アクアネル領へ行くまではきっと馬車よね……コルヌコピアに乗りたいのだけど」

「当然でしょ。通りがかった人たちや宿泊先の人たちだって、貴族のお嬢様がまたがって馬に乗っているのを見たらびっくりするわよ。よその領地へ行くんだからこんなときくらい、大人《おとな》しく馬車に乗ってなさいよ」

「……そうするしかないわね……」

エセルは呆れたように言うが、正論だ。セレストはがっくり肩を落として同意するしかなかった。

セレストやエセルにとって男性と同じようにズボンの乗馬服を着て馬にまたがり、移動手段として馬に乗るのはごく普通のことだ。しかしネイティリアでは一般的に、貴族女性の乗馬は女性の品位を保って趣味の範囲に留《とど》めるべきとされている。旅をするからとズボンの乗馬服で馬にまたがって一日中走らせるなんて、ありえない。

ケルトレク領は大自然に親しむ大公家が統治しているから貴族令嬢でも自由にズボンの乗馬服で馬にまたがることができるが、よそでもそうとは限らない。第二王子の婚約者だった頃も王子妃にふさわしくあるため、セレストは乗馬を控えていたものだった。

でもアクアネル領はすぐれた馬の名産地なのだもの。王都から離れているし……それなら、貴族女性が馬にまたがって乗ってもそんなに変わり者扱いされない土地柄かもしれないわ。

セレストはそう自分を慰め、ともかくと両の拳《こぶし》を握った。

「多くの命にかかわる大事な仕事だもの。しっかり準備しないと駄目よね」

大公家はネイティィリアの大自然と共に生きる一族と自負している。大自然の不可解な現象を解き明かして人々を守るのは、一族の存在意義そのものだ。

そして仕事のあと、軍馬の牧場をじっくり見学させてもらうのだ。コルヌコピアを背にまたがって走らせてみたい。お気に入りの仕立屋の本店も確かアクアネル領にあるので、乗馬服を一着仕立ててもらうのもいい。

ああ、なんて素晴らしい出張かしら……！

「……やっぱりこれ、無理やりお見合いじゃないの？」

仕事と趣味ばっかりで婚期逃《のが》す人の典型例じゃん。

人生初の出張にうっとりしているセレストを見て、エセルは半眼になってつぶやいた。

こんなに家業と乗馬に夢中のセレストが何故第二王子と婚約していたかといえば、大公家が今はネイティリアと呼ばれているこの地の正統な統治者の末裔《まつえい》だからだ。

この地はかつて、ヴィド王国と呼ばれていた。今と同じように豊かな自然の恵みを享受し、交易で栄える国だったという。

だが約七十年前、ヴィド王国は玉座を欲しがった大貴族が噂やランストネを利用して反乱を起こしたためほろんでしまった。この国賊がネイティリアの初代国王だ。

初代国王が数年で崩御すると、即位した新王は手を尽くしてヴィド王家を捜しだした。新王は父の所業を恥じていて、王城を追われて以来行方知れずのヴィド王家に謝罪したいと常々考えていたのだ。まだ慕う者が数多いヴィド王家をないがしろにはできなかったし、ヴィド王家の知識と技術を失《な》くした当時の気象観測の精度があまりよくなかったというのも大きい。

しかしネイティリア王国として不安定ながらも体制を整えつつある中、王権を返して混乱を再び招くことはできない。ヴィド王国を手に入れられると思ったのに利用されただけのランストネも、隙《すき》あらば今度こそと狙《ねら》ってきている。

両家の今後の関係について新旧王家が話しあった結果。ヴィド王家には王家の離宮があるケルトレク地方を領地とする大公の爵位とキングスコートの家名、ネイティリア全土の気象観測を司る権限が与えられることになった。

　さらにネイティリア王家の王女がケルトレク大公となった青年のもとに嫁ぎ、彼を王家の親族とすることも取り決められた。

　こうしてヴィド王家はネイティリアの統治に不可欠な大貴族キングスコート大公家となり、両家は和解したのである。

　以来大公家はかつての領土の片隅で、他のどの貴族とも異なる存在として特別視されてきた。いかなる王侯貴族も大公家をいい加減に扱うことは許されない。

　そして世代を経た四年前。今度は大公家からネイティリア王家へ公女を嫁がせ、再び両家の友好を国内外に示すことになった。ランストネが大公家に接近しようとする動きを察知しての、現国王からの強い要望だ。

　かくしてセレストと第二王子の婚約は成立した。セレストがネイティリアでの成人年齢である十七歳になってすぐ、結婚式が行われる予定だった。

　なのに第二王子は侯爵令嬢と浮気をし、開き直っていたのだ。セレストに対して不誠実というだけでなく、王子としての責務を軽視した愚行である。大公家と今後も良好な関係を続けていくためにも、現国王が我が子に重い処分を与えたのは当然なのだった。

「……退屈そうだね。セレスト」

馬車の中からセレストがぼうと景色を眺めて、どれほど経ったのか。馬車に並行して走る馬に乗る青年が唐突に口を開いた。

歳はセレストより少し上。肩を過ぎる長さの明るい茶髪を首の後ろでくくっている。とりたてて整った顔立ちではないが丸眼鏡《めがね》越しの黄土色の目は穏やかで、のんびりした雰囲気の青年だ。

ダーレン・ガードナー。アクアネル領の気象観測所の所長をしている、大公家の分家の青年だ。彼がラズセイルを離れるまで、セレストはそれなりに交流があった。

ラルフから現地調査と問題解決を命じられて数日後。アクアネル辺境伯が寄こしてくれた馬車に大人しく乗り、セレストは長旅を経てアクアネル辺境伯領へ入った。

さらに辺境伯の居城へ向かっている道中でダーレンと再会したのは、つい先ほどのこと。先触れの伝令が道を走っているのを見てセレストの到着が近いと思い、一足先に顔を見せにきたのだという。

そうしてダーレンは久しぶりに会う従妹《いとこ》の顔を見て、そんなことを言いだしたのだった。

セレストは目をまたたかせると苦笑した。

「そうね。景色は見ていて楽しいのだけど、ずっと馬車に乗っているとどうしても時間を持て余してしまうわ」

「ここまで長旅だったしねえ……話し相手になる侍女もいないし」

そう。普通なら貴族令嬢の旅には侍女が同行し、身のまわりの世話や話し相手をするものだ。

しかしラルフはいつまでかかるかわからない出張だからと、セレスト一人でアクアネル領へ向かうよう手配していた。アクアネル領での滞在中、セレストはそちらの侍女に身のまわりの世話をしてもらうことになっている。

そのためセレストは旅のあいだ、身のまわりのことをすべて自分でこなしていた。幼い頃から大自然について学ぶ一環で自分のことは自分でする生活を経験しているので、戸惑いはない。セレストが侍女を連れてくるものだと思っていたらしいアクアネル領から来た護衛の騎士たちは、侍女の世話が不要な公女に随分驚いていたものだった。

ダーレンはくすくす笑った。

「じゃあそろそろ休憩にして、外へ出てみるかい？　ちょうどこの先にセディ川の河原があるんだ」

「いいの？　今日中に辺境伯の屋敷へ到着する予定ではないの？」

「少しくらい休憩を増やしても問題ないよ。夕食に間にあえばいいわけだし」

眉をひそめるセレストにダーレンはへらりとした顔で言う。胡散臭《うさんくさ》く感じるのは何故だろう。

とはいえ、馬車にずっと揺られているからそろそろ外へ出たいのよね……セディ川の調査に来ているのだし。下調べしてから夕食のときにアクアネル辺境伯にお伝えすれば、すぐ解決策を話しあうことができるわよね。

休憩ついでに仕事に取り組むことができる。ということで、セレストはダーレンの提案を受け入れることにした。

川辺に停まった馬車から上着を羽織《はお》って出ると、セレストは大きく深呼吸して全身で空気を味わった。御者《ぎょしゃ》や護衛たちも馬に水を飲ませるため、川へ連れていったり水を汲《く》みに向かっている。

彼らに続いて川のほとりに立ったセレストは顔を曇らせた。

岸は二色にはっきり分かれていて、水位が下がっていることは明らかだった。けれどこの辺りに少し前まで強い雨が降っていたことは、一面がぬかるんだ道を見れば明らかだ。雨が降ったあとにしては、この水位は低すぎる。

人々の生活を支える川に異変が起きているのだ。そのことをセレストは書類の数字や記述ではなく、現実の光景として理解した。

さらに歩みを進めてセディ川のほとりに立ったセレストは、辺りを見回した。

薄汚れたカーテンが揺れる川辺の廃屋の向こうで小高い丘の上に大きな城がそびえ、麓《ふもと》に町が広がっていた。背景には森と青い山々が横たわっている。

「あれが、アクアネル辺境伯が住むヴォイルフ城だよ」

セレストが注目していたからか、ダーレンは城を指差した。

「君にはあの城でしばらく滞在してもらうよ。庭は手入れされていて結構広いし、君には日当たりのいい部屋を用意してあるはずだから。住み心地は悪くないと思うよ」

「別に普通の部屋でも構わないのだけど」

「いやいや、大公家のお姫様が滞在するのにそんなわけにはいかないって」

　ダーレンはひらひら手を振った。

「王家に匹敵する家格なんだからね、僕らの一族は。それに君は、このセディ川の異変を解決するために来たわけだし。最大限のおもてなしをするのは当然でしょ。歓迎の夜会はやらないんだし、諦めてお姫様らしくしてなよ」

……たしなめるようなことを言っている割には、顔が楽しそうなのだけど。

　一体何がそんなに面白いのか。まったく、と息をつきセレストはセディ川のほうに視線を向けた。見慣れない建物に気づいて眉をひそめる。

「あの建物は何？　何かを造るところ？」

　そうセレストがダーレンに尋ねたのは、セディ川の対岸の少し離れたところに見える二階建ての建物だ。屋根に何本も小さな煙突があり、建物の中で何をしているのか白い煙が風に流されている。

　ああ、とダーレンは一つ頷いた。

「あれは蒸留所だよ。お酒を造るところ。ケルトレク領にもあるけど、見たことない？」

「ないわ。あるとは聞いていたけど、お父様に連れていってもらったことはないし」

「そうかぁ。まあ、大抵の女の子が楽しめる場所じゃないからねえ」

あはは、とダーレンは笑う。でしょうね、とセレストは心の中で同意した。競馬場と同じくらい、蒸留所はほとんどの貴族令嬢の興味を引くものではないだろう。

他に気になる建物はないので、セレストは改めて辺りを見回した。

さあ、ここからは仕事をしないと。

自分に言い聞かせるとセレストは空を見上げ、意識を集中させた。かすかな異変の痕跡も見逃すまいと目を凝らす。

「……」

すると、セレストの視界が変化した。透明な紙に描いた絵を上から貼りつけるように、景色に今まで見えなかったものが加えられる。

セレストの視界には今、無数の点が空を浮遊していた。点と言っても、いくつかの色が混ざったものばかり。宙に浮いているだけのものもあればものすごい勢いで直進しているものもあって、さながら流れ星のようだ。

これらはすべて海や陸上から蒸発し、大気に含まれている水の元素だ。条件が重なることで様々な気象を発生させ、世界に水の恵みと猛威を与えている。

セレストは両手を空に伸ばすと、上空に漂う水の元素を手元に招いた。手のひらの上できらめくそれらに意識を凝らす。

途端、セレストの脳裏に様々なものがよぎっていった。命の気配、塵《ちり》や砂。植物の花粉。人間の目には見えないほど小さなものも含めた、大気を漂う数々だ。

大気中の水の量も、水の元素に含まれているものも特に問題なさそうね……。

去年の暮れラルフのもとに届いたアクアネル辺境伯からの手紙には、アクアネル領の最新の気象観測の報告書も添えられていた。それによれば、アクアネル領の降水量や気温など大自然に大きな変化は長いあいだ起きていない。報告と現状は一致している。

雨が降っていないわけではないのに水位がこんなに低いということは、やっぱり……。

水の元素を手放すと、次にセレストは周囲の地面を見回した。セディ川の上流をたどり、山裾の森に目を向ける。

「……！」

森に重なる光景に、セレストは驚きで目を見開いた。慌ててセディ川を見る。

「ダーレンさん」

「なんだい、セレスト」

「ダーレンさんの推測は正しいわ。セディ川の水位が下がっている原因は森の奥よ」

のんびりした声で応《こた》えるダーレンに、セレストはそう断言した。

山の麓に広がる深い森が、揺らめく半透明の青で覆われていたのだ。特に奥の一角の色が濃く、そこから青いものは帯となってセディ川へ流れこんでいる。

間違いない。森を覆いつくすこの青い気配の主が、山からセディ川へ注ぐ水の流れを堰《せ》き止めているのだ。

「多分、上流から流れてこないぶんのセディ川の水は地下に流れているのよ。辺り一帯の地面に、森の奥から水の気配が流れているわ。辺境伯様からの支援要請の手紙は読んだけど、アクアネル領内の井戸の水は冬の前から急に量が増えているのよね？」

「うん。そのおかげでこの冬、節水したのもあって少し不便になった程度で済んだんだよ。下流にある他の貴族の領地も、支流から流れる水とか雨とか他に水源があるからなんとかなったみたいだね……とはいえ、やっぱり森の奥が原因だよねえ」

ダーレンは両腕を組み、長い息を吐いた。

「一応、去年の暮れに森の奥へ入ろうとはしたんだよ？　原因の見当はついていたし。でも案の定というか、僕じゃ入れなくてね。〝水読みの姫〟にお出まし願うしかなかったんだよね」

ダーレンはセレストをちらりと見て、小さく笑った。

初代国王が祭司《さいし》の一族出身だったとされるヴィド王家の末裔だからか、大公家は大自然と深く結びついた異能を生まれながらに持って生まれる血筋だった。大自然や気象観測についての知識を叩きこまれるのも、大自然に親しむ伝統を今も受け継いでいるからに他ならない。

セレストは水の性質にかかわる異能を持って生まれた。特にこうしてあらゆるものにひそむ水の気配の感知や、成分などの分析を得意としている。知識や情報も考慮して天候の移り変わりを正確に予測することも、セレストにとってはそう難しいことではない。

水を読み解き世界を理解する者――〝水読みの姫〟。それがセレストの、一族のあいだでの異名だった。

さらに周囲を軽く見回したセレストは、ダーレンを振り返った。

「ダーレンさん、アクアネル領はケルトレク領よりも春が少し遅いのよね？」

「うん。できれば春がくるまでになんとかしてもらいたいんだよね」

春になり作付けや家畜の出産の時期を迎えれば、大量の水が必要になる。夏場はもっとだ。セディ川の水が今のままでは水不足になってもおかしくない。水辺の健全な生態系の維持もできなくなるだろう。

目を閉じてセレストは大きく息を吐いた。次に目を開けると、世界にもう水の元素は見えない。異能の解放をやめたのだ。

セレストはセディ川を見下ろした。

この陽光を浴びてきらめく川面《かわも》の下には、大自然の不可解な現象に耐え忍ぶ生き物たちが棲《す》んでいる。

セディ川の流域に住む人々も、家畜や野生の動植物もこの川の水を頼りにしているのだ。

それだけではない。アクアネル領が水不足になり危機に瀕《ひん》すれば、ランストネがその隙を逃すはずもない。補給物資が不充分ではいくら戦上手の〝アクアネルの黒き狼〟であっても、苦戦は免《まぬが》れないだろう。

このアクアネル領の危機を救うことは、ネイティリアを守ることに繋《つな》がるのだ。

ぐ、と胸元で拳を握った。

ケルトレクで仕事の内容を聞いたとき以上の責任の重みをセレストは感じた。この身にはアクアネル領だけでなく、数多《あまた》の命の生死がかかっているのだ。

今すぐ森へ行って調査をしたい。しかし、今日のところはアクアネル辺境伯に挨拶《あいさつ》するのが先だ。調査のため呼ばれたとはいえ、領主の許可なく森へ立ち入るのは礼儀に反する。

「……行きましょう。辺境伯様にお会いして、状況を説明しないと」

「うん、そうだね」

きびすを返してセレストは馬車に向かう。ダーレンもあとに続いた。


「わあ、すごい。すごく綺麗《きれい》ですよ公女様！」

光沢《こうたく》が歳月を感じさせる深い色の調度が置かれた部屋の片隅。セレストの耳に銀の地金に宝石をあしらった小さなイヤリング、胸元に鮮やかな青のサファイアの小さな粒をあしらった銀のネックレスが飾られると、それを見ていた小麦色の肌の侍女はそう無邪気《むじゃき》に称賛した。

セディ川で周囲の様子を探ったあと。セレストはアクアネル辺境伯の居城であるヴォイルフ城に到着した。セディ川からも見えていた、なだらかな丘の上にある城だ。

矛《ほこ》を持った黒い狼の紋章が城門の上から訪れる者を見下ろす、武骨としか言いようのない城だった。二重の城壁にいくつもの物見の塔を備えていて、窓も大きくない。城門の天井の隙間や穴も攻めこまれた際に敵を狙い撃ちしたり石を落とすためというのだから、徹底している。

それもそのはずで、山脈の向こうにあるランストネから国を守るためヴィド王国の時代に建てられたのだ。ネイティリアの盾の要として必要とされている限り、その機能を失うような改装をするはずもない。

実家や王城との違いを興味深く見回しながら城の中に入ったセレストだったが、あいにく辺境伯の出迎えはなかった。執事によると、辺境伯は領内の視察からまだ戻ってきていないのだという。けしてセレストを軽んじてのことではない、と深く頭を下げてきた。

リヴィングストン辺境伯家はその功績から他の伯爵家より家格は上だけど、大公家と並ぶほどではないものね……。

ましてや当主の娘を招いたのだから、本来なら辺境伯直々《じきじき》に城で出迎えるのが礼儀である。仕事で外出しているのなら仕方ない、としかセレストは思わないのだが。

序列を重んじるのが貴族社会である。そういえばこういう面倒くささがあるのだったと、親しい者とばかり顔を合わせていたこの一年をセレストは改めて実感した。

そんなこんなでひとまず客間に通されて一息ついた、夕刻。帰宅した辺境伯との晩餐《ばんさん》会に出席するため、セレストはこうして着飾ることになったのだった。

セレストが辺境伯との晩餐会の衣装にと選んだのは、実家から持ってきた一着だ。薄紫から薄い青への変化が美しい布地の簡素な意匠は露出や刺繍《ししゅう》が少なく上品で、セレストの肌の白さや細い身体の線を際立たせている。

夜会ならもっと華やかな意匠でまとめるものだが、今夜は仕事相手との顔合わせなのだ。失礼がない程度で充分だろう。

「やっぱり大公家の方のお召し物は素敵ですね！　刺繍はあんまりないし宝石の粒もないのに、すごく上品で。公女様にぴったりです」

「こら、フェデリア」

弾んだ調子で侍女が続けていると、年上の侍女が横からたしなめる。いいのよ、とセレストはくすくす笑った。

フェデリア・コラルはセレストの世話を任された、異国出身だというヴォイルフ城の侍女だ。年は十六。平均的な女性よりも背が高くしなやかな身体つきで、黒髪は高い位置にくくって肩に届く。黒くぱちりとした目が好奇心旺盛な子猫を思わせ、明るい空気が一番の特徴と言っていい。

「隅々まで刺繍してあったり宝石の粒をたくさんつけたものは、あまり好きではないのよ。重いし、布地の綺麗な色を楽しみたいから」

「そうなんですか？　意外です……あ、でも」

目をまたたかせたフェデリアはすぐ訂正した。

「意外と言えば公女様が持ってこられた衣装箱の中に、乗馬服がありましたよね。しかも、普通のだけじゃなくてまたがって乗る用も！　乗馬されるんですか？」

「ええ、趣味なの。いつも乗る馬も連れてきているのよ」

「！　じゃあ、馬でお出かけになるときは私もご一緒していいですか？　私、武芸ができますし、馬にも乗れるんです。護衛になります。そのためにダーレン様が推薦してくださったんですし！」

ぱっと顔を輝かせ、手を上げる勢いでフェデリアは言う。もうおもちゃを前にした子猫にしか見えない。年上の侍女は黙っているものの、ああもうこの子はと言わんばかりの表情だ。

「そうね、そのときにはお願いするかもしれないわ」

セレストはころころ笑った。本当にこの侍女は可愛《かわい》らしい。セレストはもうすっかりフェデリアがお気に入りになっていた。

そうして薄く化粧も施し、すっかり着飾って部屋を出たセレストはすぐ目を丸くした。

数時間前に別れたきりのダーレンがそこにいたのだ。

「うんうん、今夜も綺麗に着飾ったねえセレスト」

「ダーレンさん、帰ったのではなかったの？」

「いやあ、ここの書庫に寄ったあとザカライアに会ったらつい話しこんじゃってね。だったらもう、ついでに君を食堂まで案内しようかと。夕食には同席しないけど」

「えー、せっかくいらっしゃったんですから食べていけばいいのに」

残念そうにフェデリアは言う。随分と親しそうな雰囲気だ。

でも、そろそろ後ろの侍女の表情がまずいことになっているわね……。

ここは早く場を離れたほうがよさそうだ。ちらりと年上の侍女を見たセレストは退場することにした。

「じゃあ、ダーレンさんに案内してもらうわ。皆、着替えをしてくれてありがとう」

「フェデリア、また今度ね」

「はい。次は食べていってくださいね」

にこやかに小さく胸の前で手を振るダーレンに、フェデリアは無邪気に笑う。年上の侍女の目がきらりと光ったのを見たセレストは、お説教はほどほどにねと心の中で苦笑した。

そうしてダーレンの案内で食堂へ向かう途中。セレストは口を開いた。

「ダーレンさんはフェデリアと仲がいいのね。私の侍女に推薦したと、彼女から聞いたけど」

「うん。こっちへ来たときとかによく話すんだ。下働きだったんだけど武芸がそれなりにできるから、君が外出したときの護衛にちょうどいいと思って。それにほら、元気な子だから君も気に入りそうだし」

「ええ。あの子が世話をしてくれるなら、ここにいるあいだ楽しく過ごせそうだわ」

セレストはくすりと笑った。

下働きということは侍女より使用人としての地位は低く、本来なら話しかけられない限り仕える相手やその客人と言葉を交わすこともない立場だったのだ。セレストの着替えのあいだ年上の侍女がしきりにフェデリアを気にしていたのも、そんなにわか侍女が粗相をしてしまわないかひやひやしていたからに違いない。

「彼女を推薦できるということは、ダーレンさんは辺境伯様とも親しいのね」

「まあね。元々気象観測所は領主と話す機会がそれなりにある職場だけど、彼は気取ったところがなくて話しやすいんだ。僕だけじゃなく領民とも気さくに話をするしね」

ダーレンはへらりと笑った。

「だから君も、そんなに淑女らしくしなくても大丈夫だよ。むしろ素のほうが彼も気楽でいいんじゃないかな」

からかう調子のダーレンである。いらっとしてセレストはじとりとねめつけるのだが、気心知れた従兄《いとこ》はどこ吹く風だ。

「だって君、秋に川へ出かけたと思ったら泥だらけになって屋敷に帰ったんだろう？　去年の暮れに大公は僕にも手紙をくれたけど、そう書いてあったよ？」

「！」

何を言いふらしているの、お父様……！

セレストはがっくりと肩を落とした。娘の見慣れたお転婆《てんば》ぶりをどうして人に話しているのか。確かにダーレンはセレストの素行をよく知る親族ではあるが。

セレストはぷいと顔をそむけた。

「あれは川へ近づいたときにうっかり転んだだけよ。大雨のあとの川の水がどうなっているか、調べようと思って」

「大雨のあとの増水した川に近づくのって、絶対やっちゃいけないことなんだけどね。君が水の異能持ちだとしても。一歩間違ったら大怪我《おおけが》どころじゃないから」

「……」

ダーレンの的確な指摘に反論のしようがなく、セレストは黙った。異能持ちだから身体が頑丈になるわけでも、溺れないわけでもないのだ。転んだときも、周囲に呆れられたものだった。

「まあともかく、君のそういうお転婆なところを見せても気にしない人だから。仕事で来たからって気負わないで、まずは食事と世間話を楽しみなよ。ここの料理は美味しいんだし。仕事の話はそのあとだよ？」

「……わかったわ」

セレストはむくれ顔になる。反省した様子があまり見られないからか、まったく君は、とダーレンは呆れの息をついた。

食堂の前でダーレンと別れてセレストが中へ通されると、夕闇に沈む町を大窓に立って眺める青年が振り返った。

鍛えぬかれた体躯《たいく》が上質な布地の服の上からでもわかる、大柄な男だ。ざんばらの藍《あい》色の髪に、きりりとした深い紫色の目。整った顔立ちではあるが、それ以上に荒々しい印象が強い。

想像していたよりも威圧感がある。確かにこれは狼だとセレストは納得した。

この方がアクアネル辺境伯――。

セレストと同じように、辺境伯もセレストをじっと観察していた。眼前の貴族令嬢の魂胆を見透かそうとするかのように。

セレストはその視線を受け止め、まっすぐに見返した。不快には思わない。値踏みされるのが当たり前の社会で生きてきたし、彼の視線に嫌なものは感じられない。

ただ相手を知ろうとしているだけだわ。だから、恐れなくていい。

やがて、辺境伯は口を開いた。

「……貴女が大公家のご息女か」

「はい。セレスト・ヴィド・キングスコートと申します」

「昼間は家を出ていて失礼した。ザカライア・リヴィングストンだ。このたびはこちらの要請に応じていただき、感謝する」

セレストが優雅にお辞儀をすると、アクアネル辺境伯――ザカライアもまた胸に手を当てて挨拶をした。それからセレストを席へと案内する。

セレストとザカライアが着席すると、それに合わせて夕食が運ばれてきた。料理を口にしたセレストは、目をまたたかせると顔をほころばせる。

「……美味しい。見た目もですが、家で食べるものとよく似た味がします」

「口に合ってよかった」

ザカライアは表情を少し緩めた。

「リヴィングストン家にはヴィド王国の時代に王女が輿入《こしい》れしていて、その際に当時の王家の料理人も同行しているんだ。そうして伝わった宮廷料理に手を加えたものが、我が家の伝統の味になっている」

「ああ、それで」

大公家の屋敷の料理もネイティリア第二代国王の妹、つまりセレストの祖母の輿入れに同行した王城の料理人の味が受け継がれている。元が同じなのだから似ているのは当然だ。

好き嫌いは特にないとはいえ、やはり口に合う食事が当たり前に出てくるというのは嬉しい。家庭の味に似ていて少し違うのも、セレストには新鮮だった。

食事を切り口に、セレストとザカライアの会話は弾んだ。味のことから食材について話題は移り、アクアネル領のことに移っていく。

「――それで、セディ川についてなのですが」

夕食を終え、居間へ移動したあと。セレストはそう話を切りだした。

「こちらへ来る前に問題のセディ川のほとりから見える森を少し眺めたのですが……ダーレンさんが推測したように、水の精霊がセディ川の水を堰き止めているようです」

「……！　何か見えたのか？」

「はい。森の奥に強い力の気配がありました。あれは水の精霊が放ったものに違いありません」

セレストは頷き、断言した。

精霊は大自然をめぐる力の生きた欠片《かけら》のようなものだ。大自然の中で長い時を生き、時折人間の前に姿を現すことがある。彼らが気まぐれに力をふるって人間に大きな被害を与えた話は昔から各地で語り継がれていて、ネイティリアにおいて精霊は恐れ敬うべき存在とされてきた。

ザカライアからの調査要請に添えられていたダーレンの報告書には、そんな存在がセディ川の水を堰き止めているかもしれないという推測が補足されていた。人々が森の恵みを採取したり憩《いこ》いの場にしているリグドムの森の奥へ、水位が下がったのと同じ時期から入れなくなっているのが根拠だという。

物語に出てくるような奇跡を起こす魔法使いは、この世界に存在しない。不可視の壁で生き物の行く手を遮ることができるのは、人ならざる存在――精霊以外にありえないのだ。

「……ですが、この件は単なる悪戯とは思えないのです」

「というと？」

眉をひそめるザカライアに、大公家が所有する記録を読んだ限りですが、とセレストは前置きしてから説明を続けた。

「精霊が人間に悪戯をすることはありますが、それは小さな子供がするような……突然姿を現したり物を落としたりといった他愛のないものであるのが普通です。でもそのようなことをしたり人間が困っていないか様子を見にきたとは、ダーレンさんからの報告にはありません。このような形での精霊の悪戯は記録にないのです」

そもそも冬だからリグドムの森の奥へ入る人間は少数で、セディ川の水位が下がっても人間は上手く対処している。悪戯としては失敗だろう。

なのに精霊は新たな手を打たないでいる。それもまた、娯楽目的ではないことを示しているようにセレストには思えてならない。

「ですからあの森に棲む水の精霊の身に何か起きているか……あるいは、人間に何か伝えようとしているのかもしれません」

「……なるほど」

セレストの説明を聞いていたザカライアは、眉間《みけん》にしわを寄せた。

「ダーレンからも、セディ川の水量が減っているのは水の精霊の仕業《しわざ》だろうと聞いてはいたが……しかしそれなら、俺の前に姿を現してくれればすぐ大公家に要請したのだがな。水位が下がったせいで人間だけでなく、生態系にまで被害が出ているぞ」

「そうですね。ですが精霊は気にしないものなのです」

渋い顔をするザカライアにセレストは小さく首を振ってみせた。

「お気に入りの村娘が貴族に虐《しいた》げられていることに怒り、火の精霊が貴族の屋敷どころか周辺まで一ヶ月にもわたって燃やし続けた――という記録が大公家に残っています。その結果、使用人たちや家畜、屋敷の周辺も含めて多くの犠牲が出たそうです」

「……その村娘は」

「命は無事でしたが犠牲の多さから罪悪感に苦しみ、自ら命を絶った……と記されています」

「……」

ザカライアの顔が引きつった。

「アクアネルにも精霊を怒らせてしまった話はあるが、そちらの話も強烈だな」

「これが精霊というものです」

重々しくセレストは言った。

「彼らはどれほど長く生きていても小さな子供のように衝動のまま、後先を考えずに行動します。人間どころか動植物の都合さえも無視する、大自然の猛威そのもの……自分のおこないが多くの犠牲を生むことになっても、罪悪感を覚えたりしません」

結局、精霊が何を考えてその行動にいたったのかなんて考えてもさして意味はないのだ。気まぐれな彼らは楽しいことが大好きで、思うままに生きているだけなのだから。

ともかく、とセレストは話を戻した。

「そういうことですので明日、あの森の奥を調査しようと思います。立ち入っても構いませんか？」

「ええ、もちろん。俺が案内しよう」

「辺境伯様が？」

「あ、いや」

？　どうして慌てていらっしゃるのかしら。確かに森への案内なら、家臣や騎士団の方に任せてもよさそうなことだけど……。

セレストが目を丸くしていると、視線をさまよわせていたザカライアは落ち着きを取り戻した。

「リグドムの森の奥には水の精霊が時折訪れる泉があってな。代々我がリヴィングストン家がほとりにある祠《ほこら》の管理をしている」

「まあ。では去年の秋の暮れから祠の管理ができていないのですね」

「ああ。だから可能なら貴女に同行して、祠の様子を見ておきたいのだが」

「わかりました。それなら一緒に行きましょう」

「ありがたい」

　セレストが頷くと、ザカライアはほっとした表情になった。領主の責務を果たすためなら、同行は当然だ。

　一方、セレストは内心で不安になった。

　この方は女性の乗馬をどう考えてらっしゃるのかしら……。

　森の奥に行かないといけないのなら、途中まで馬車で行ってから歩くより馬で向かうほうがいい。それもできるなら横乗りより、またがって。

　けれどザカライアは護国の英雄と称賛されながらも社交の場を好まないという、生粋《きっすい》の騎士なのだ。女性なら馬は横乗り、あるいは乗らずに馬車と決めつけているかもしれない。

　だからセレストは思いきって、馬にまたがって乗ってもいいか尋ねようとしたのだが。

「……そういえば。貴女は馬が大層好きで、馬にまたがって乗るのが得意だと聞いているが。今日も愛馬を連れてきているとか」

「え？　はい、そうですが」

「そうか。では馬で行こう」

「えっ」

　予想外の言葉にセレストは思わず目をまたたかせた。そんなセレストを見て、ザカライアは小さく笑む。

「このアクアネルでは、普段から馬にまたがって遠出をする貴族令嬢が珍しくないんだ。いつ領内が戦場になって、馬で逃げなければならない事態になるかわからないからな。父親や兄弟に代わって軍の伝令を務めた貴族令嬢もいる」

「そんな方もいらっしゃるのですか？　辺境伯様が出陣なさったときもそのようなことが？」

「いや、さいわい俺のときはないな。だがこの城で侍女をしていた祖母は伝令を務めたことがあって、それで祖父に見初《みそ》められたそうだ」

「まあ、それは素敵な話ですね」

セレストは目を輝かせた。故郷のため家族のため、敵に襲われる危険も承知で戦場を駆ける。なんて勇敢な女性だろう。尊敬しかない。

「この城からリグドムの森までは距離があるから、馬を走らせるのはいい気晴らしになるだろう。城の馬屋の者たちにも、貴女が来たときは馬を見せるよう言っておこう。自由に見学するといい」

「……！　ありがとうございます」

セレストの顔はたちまちほころんだ。ザカライアに乗馬趣味を伝えておいてくれたダーレンに少しだけ感謝する。

「よかったです。実はこちらならコルヌコピア……馬に乗ることができるかもしれないと思って、乗馬服を持ってきてあるのです」

「それなら是非《ぜひ》領内を馬で見て回ってくれ。ダーレンの推薦で貴女の侍女につけたフェデリアは、それなりに腕がたつ。外出する際は護衛に連れていくといい」

「はい。本人からも申し出がありました」

くすくす笑いながらセレストは言う。そんなセレストにつられてか、ザカライアもふっと表情を緩めた。

「セディ川の異変の調査と解決について、そう重く考えなくてもいい。貴女の知恵や異能が不可欠な部分は協力してもらうが、事態の解決の責任をすべて貴女一人に負わせるつもりはない。水の精霊がかかわっているのならなおのこと、領主である俺に事態を解決する義務がある」

「……！」

「さいわい、ランストネが不穏な動きをしているとの報告も今のところはない。こんな状況だが、時間が空けば領内を散策してみてくれ。興味があるなら馬の牧場へも案内しよう」

そう穏やかに言うザカライアの声と目に、慌てる子供を諭《さと》す大人の苦笑の色は感じられなかった。ただ客人に対する配慮がにじんでいる。ケルトレク大公ラルフが競馬狂で有名だからと、そちらに絡《から》めてこないのもありがたい。

「……ではお言葉に甘えて。時間があれば、牧場に案内していただいても構いませんか？」

「ああ。牧場主たちも来客を喜ぶだろう」

ザカライアは大きく頷き承諾する。

武骨で女性慣れしていない方と聞いていたけど、そんなことないじゃない。私の乗馬趣味を踏まえて細やかな気遣いをしてくださる、お優しい方だわ。

セレストは〝アクアネルの黒き狼〟に対する印象を大いに改めることになった。


翌日。乗馬服の上に外套を羽織ったセレストはザカライアの案内で、リグドムの森へ向かった。

森がこんな状態ではさすがに賊は出ないだろうということで、フェデリアや護衛の騎士は連れていない。二人は木立の合間を愛馬で駆けていく。

さすが〝アクアネルの黒き狼〟の愛馬……まるで翼があるみたい。

先を行く赤褐色の馬をセレストはほれぼれと見つめた。

コルヌコピアをそれなりの速度で走らせているのだが、ザカライアの愛馬ゲーリッシュはそれを軽々と上回っている。もちろんザカライアの手綱さばきも見事なものだが、ゲーリッシュが名馬であるのは間違いない。

こんなに速いのなら、両親もきっと駿馬《しゅんめ》だわ。片方か、それとも両方か……両親にも会ってみたいものね。

しかしそんなセレストの趣味丸出しの思考は、森を奥へ進んでいくうちに吹き飛んでしまった。

森に入ったときから感じていた水の精霊の気配が、進むほどに強くなっていくのだ。セディ川からでも気配を感じられたのだから当然だが、これではまるで森の奥へと獲物を誘っているかのようですらある。

水の精霊は私が森に入ったことに気づいているのだわ。ここへ来いと主張しているのね。

そうセレストが浮ついていた気持ちを引き締め、どれだけ森の奥へと入っていったのか。鳥の声も聞こえてこない中で、唐突にザカライアはゲーリッシュの足を止めた。

「ここだ。この奥に泉があるんだが、先へ行けなくなっているんだ」

そうザカライアは木立を示した。

木々の合間の向こうは、セレストたちがいる辺りよりも明らかに濃い霧が立ちこめていた。異能を持たない者でもこの先は普通ではないと一目でわかるだろう。

「……」

セレストはコルヌコピアから下りると異能を解放し、その異様な霧に目を向けた。

セレストの目には、霧の濃度が変わる境目に波打つ水の壁が築かれているのが見えた。半透明の壁はどこまでも続き、揺らめいている。これが人間の行く手を阻《はば》んでいたのだろう。

不意に、セレストの前の水の壁の一部分が消えた。その先の霧も一人が通れる幅だけ晴れる。

ゲーリッシュから下りたザカライアが眉をひそめた。

「道ができた……？」

「はい。水の精霊が私を招いているのだと思います」

「なるほど。これが預言の異能の力なのか」

声に感嘆の色を混ぜてザカライアはセレストを見下ろした。

大公家の血筋は祭司の一族の頃から稀《まれ》に、本来人間には聞くことができない精霊の言葉を理解する異能を持つ者が生まれることがある。言葉を預かるようにして人々に精霊の意思を伝えるため、預言と呼ばれている異能だ。

水読みの異能を持つ一族の者は他にもいる。それでもダーレンがセレストを指名したのは、当代で預言の異能を持つのはセレストしかいないからだ。

セレストが銀の腕輪をはめているのも祭司の一族の頃から続く、預言の異能を持つ者はその証を身につけるという伝統に従ってのこと。ラルフがケルトレク領で一番の工房に作らせた逸品《いっぴん》だ。

セレストの稀有《けう》な異能に感心していたザカライアは、ふっと思案の表情になった。

「水の精霊は貴女を招いているが……俺がこの先へ入ることを許すだろうか」

「どうでしょう……」

ザカライアを見上げ、セレストは瞳をさまよわせた。

「この地の人間側の管理者だと認識しているのであれば、排除はしないと思います。仮に認識していないとしても、私の同行者だと示すことで許してくれるかもしれません」

ただ、とセレストは言葉を続ける。

「預言の異能の介助によって精霊の言葉を理解できるようになるのは、異能を持つ者だけなのです。異能をお持ちでないなら、もし泉へ行くことができたとしても精霊の言葉を理解できません。……私が精霊の言葉をお伝えすることはできますが」

大公家以外でヴィド王家の血をわずかでも引く貴族の家はそれなりにある。しかし異能を持つ者が何代にもわたって安定して生まれているのは、ヴィド王家の血を濃く受け継いだ大公家だけだ。どういうわけか他の家では、稀にしか異能持ちは生まれないのである。ザカライアが異能を持っていなかったとしても、何の不思議でもない。

ザカライアはそこで瞳をさまよわせた。どう言おうか迷っている様子に、セレストは眉をひそめる。

「……大したものではないんだ。天気が変わるのを察知したり、少しばかり風を吹かせられる程度しかできない」

そう言ってザカライアは、手のひらを胸の前に出した。

するとと彼を中心に力の波動が生まれた。ささやかな風が吹き、ザカライアの手の動きに合わせて周辺に散らばった木の葉を一ヶ所に集めていく。

くのが先だ。

「この程度でも充分か？」

「はい」

セレストは頷いた。ザカライアはほっとした様子で風を操るのをやめる。

そんなザカライアの様子にセレストは小さな違和感を感じたが、無視した。今は森の奥へ行くのが先だ。

馬たちにここで待つよう言い聞かせたあと。ザカライアはセレストを振り返った。

「それで、俺が貴女の同行者であると示すには何をすればいいんだ？」

「手を繋げばいいと思います」

「え」

さらりとセレストが言うと、ザカライアは一瞬ぎょっとした顔になった。

「というより手を繋ぐ必要があるのです。預言の異能は本人が言葉を理解できるだけでなく、肌を触れあわせることで他の人も精霊の言葉が理解できるようになるものですから」

説明し、セレストは手をザカライアに差しだした。

「では、手を。この先、いつどこで水の精霊が現れるかわかりませんから」

「……わかった」

どこか硬い表情でそう頷くと、ザカライアはセレストの手をとった。

繋いだ手の指は太く皮膚が厚く、かさついていた。胼胝《たこ》や小さな切り傷も、その形がはっきりとセレストの手のひらに感じられる。

「泉はこっちだ」

言って、ザカライアはセレストの手を引いて歩きだした。

セレストの推測は正しく、霧の合間の通路に入ってもザカライアが排除されることはなかった。一人で歩かずに済んだことに、セレストはよかったと心の中で小さく息をつく。

ザカライアはセレストが歩きやすい速さで森の奥へと歩いていく。大柄な体でゆっくり歩いているだけに、少し前を歩く姿はより猛獣の歩みのようにも見える。

でも、ちょっと緊張していらっしゃる……？　女性の扱いに慣れていらっしゃらないからかしら。

セレストが見上げた横顔はまだ硬さがある。さまよう瞳は話題に困っているようでもあり、昨日の夕食での寛容な領主の振る舞いとは雲泥の差だ。

『ザカライア、でいい。……貴女はこのアクアネルの問題を解決しにきてくれた、ケルトレク大公のご息女だ。俺を爵位で呼ぶ必要はない』

この森へ向かう途中でそうセレストに望んだときも、頬《ほお》を赤らめてぎこちない様子だった。無骨な騎士、と評される人らしい。

男の人……なのよね。

そう認識した途端、セレストは急に落ち着かない気持ちになった。ザカライアの緊張が手から伝染したかのように。

第二王子と手を繋いだときは、こんなふうに異性だと意識したりしなかった。常に近衛騎士《このえ》に守られ、剣を握ることは最低限の人だったのだ。剣より筆や花束や本を持つことのほうが多い手に触れても、自分より大きな手だとしか思わなかった。

でもこの手でそんなの、無理だ。あまりにも違いすぎる。

緊張をまぎらわせるためなのか、ザカライアが口を開いた。

「……昨日貴女は大公家が所有する記録に記された精霊の例を挙げていたが……貴女自身は精霊と言葉を交わしたことがあるのか？」

「はい。幼い頃に一度……ケルトレク領に棲む土の精霊と言葉を交わしました」

セレストは内心でほっとしながら苦笑した。これでザカライアの手から意識をそらすことができる。

「その土の精霊は穏やかな性質でした。久しぶりに預言の異能持ちに会えたと喜んで……大地に含まれる水の流れについても話してくれたのを覚えています」

もう十年ほど前のことなので、記憶はおぼろげな部分が多い。それでも異形の力ある存在が嬉しそうにしていたことや自分も楽しかったことは、今もセレストの胸に刻まれている。

「この腕輪にはめこまれた宝石も、その土の精霊がくれた鉱物から切りだした原石を磨いたものなのです。その頃はペンダントだったのですが、数年前に父が職人に頼んで腕輪に仕立て直してくれました」

「ほう、精霊が鉱物を与えてくれたのか」

　ザカライアは興味深そうにセレストの左手首の腕輪へ目を向けた。

「貴女の話を聞いていると、精霊には大自然の恵みの一面もあるのだと思えてくるな。アクアネル領で普段聞く逸話はどれも恐ろしいし、実際姿を目にしても穏やかとは言いがたいのだが」

「ザカライア様も精霊と会ったことがおありで？」

「いや、会ったというよりは祠に立ち寄るのを見かける程度だ。あそこには水の精霊が気に入っている彫像が置いてあるからな。その彫像を鑑賞していたり泉で遊んでいるところにうっかり近づいてしまうと、にらまれるか威嚇《いかく》される。だから精霊が泉に来たときは、皆なるべく離れるようにしているな」

　……それは確かに、穏やかとは思えないかも……。

　この森の精霊は無邪気なのか、気難しいのか。交渉が上手くいくのか、セレストは少々心配になってしまった。

　やがて二人は、木立が途切れ開けた場所に出た。

「……！」

　眼前の光景に、セレストは目を大きく見開いた。ザカライアが息を呑《の》む音も聞こえる。

近くの崖から土砂が泉に流入し、大きな岩がいくつも辺りに転がっていた。泉のほとりにある小さな祠には岩の一つが直撃していて、全壊した祠の破片が散らばっている。土砂に埋まっている顔の一部は、ザカライアが語っていた彫像のものだろうか。

精霊が好んで姿を現すという泉の姿は、あまりにも無残だった。

「クラディスの彫像まで……」

ザカライアはうめくように言った。足早に泉のほとりへ近づくので、セレストもあとに続く。

「それはザカライア様がおっしゃっていた、水の精霊が気に入っていた彫像のことですか？」

「……ああ」

ザカライアは暗い面持《おもも》ちで答え、土砂に埋まっている顔の破片の一部を拾いあげた。

「祠が建立されたあと、クラディスという芸術家が造った彫像も水の精霊に奉納されたんだ。……祠が全壊しているのだから、彫像はひとたまりもなかっただろう」

「ええ……水の精霊が怒るのも当然ですね」

むしろ去年の時点でセディ川を氾濫《はんらん》させていないだけ、温情をかけてくれているかもしれない。あくまでも精霊の性質を踏まえると、であるが。

「だが何故こんなことに……去年の秋の半ばにここへ来たときは、土砂崩れが起きそうな兆候はなかったのに」

「ええ。アクアネル領の去年の気象記録でも、秋冬に降水量が極端に増えたとは記録されていなかったはずです」

「ああ。今までと変わらない天候だった」

セレストにザカライアは同意する。

となると去年の秋の暮れにここで何か起き、それが気に食わなくて水の精霊はセディ川へ水が流れないようにしたのだ。

でも、自然現象以外でここをこんなにしてしまえるのは――――。

セレストがそこまで考えたとき。不意に、空気が変わった。場に立ちこめるものより濃厚な力の気配がセレストとザカライアの前に生まれる。

宙に浮いているその力の気配から水があふれ、たちまち馬の姿を形作った。身体を流れる水は白くなり、水草をたてがみや脚に絡みつかせた白馬となる。

これが、この森に棲む水の精霊……。

水の精霊の身から放たれる力と感情にセレストは身を固くした。鼓動が自然と早鐘を打つ。

〈祭司の末裔とこの地の管理者よ。早くこの泉を元の清き泉に戻すのだ〉

セレストとザカライアが圧倒されているのを無視して、水の精霊は低い女性の声で命じるように言った。力ある響きに、セレストは慌てて意識を眼前の精霊に向ける。

もちろん、とザカライアは力強く頷いた。

「必ず元に戻す。だが、何故こんなことになっている。秋にはこんなことになっていなかったはずだ」

〈お前の婚約者のせいだ〉

「!」

セレストは思わずザカライアを見た。

婚約者がいたの? でも昨夜の夕食の席にいらっしゃらなかったし、フェデリアたちもそんなことは一言も……。

仕事絡みとはいえ、婚約者がいる身で異性と二人きりの食事をしたり森の奥へ行くなんてありえない。体調不良でもない限り婚約者を夕食の席に同伴させ、ここへ案内するのも他の者に任せるのが婚約者への礼儀だろう。ましてやセレストに爵位ではなく名を呼ばせるなんてもってのほかだ。

そんなセレストの疑問はすぐに解けた。

「婚約は去年の秋の暮れに解消している。しかし彼女からこの泉に被害を与えたとは聞いていないが」

〈森の獣たちが語ってくれたのだ〉

ザカライアの疑問をよそに、水の精霊は憤然と言った。

〈去年の秋の暮れ。あの人間は仲間と共にこの泉へ現れると、さんざん騒いだうえに異能であの崖を崩したのだ。そのせいで、あの彫像まで壊れてしまった〉

「……なんということを……！」

ザカライアが初めて声を震わせた。表情に怒りがにじむ。

つまりザカライアの婚約者がこの泉を荒らしたと誰にも話さないまま婚約を解消したため、ザカライアたちは泉の現状を知らないままだったのだ。その結果、人間が復旧作業をしようとしないことに怒った水の精霊はさらなる手段をとることにした――というのが、この森とセディ川の異変の真相なのだろう。

でも、とセレストは口を開いた。

「それならどうして人間――この方や城下にいる祭司の一族の末裔をここへ導かなかったの？　人間が今でも貴方たち精霊の怒りを恐れているのは、貴方もわかっているはず。この泉のありさまを見れば、すぐ復旧に向けて手を打っていたわ」

〈この泉を汚し、私の気に入りの彫像を壊したのはその男の婚約者ではないか。何故私が導いてやらねばならない。それに、また異能持ちにこの泉を汚されてたまるものか〉

セレストが問うと、水の精霊は鼻をぶるると鳴らして怒り交じりに答える。

わからなくはないけれど……。

セレストは頭を抱えたくなった。ザカライアやダーレンと意思疎通を試みなかったことで余計事態を長引かせているのに、この水の精霊はまったくわかっていない。せめて、祠の管理者と祭司の一族の末裔くらいは信用してほしい。

世に言い伝えられる精霊たちと話がこじれた末の悲劇は、けして誇張ではないのだ。セレストは理解するしかなかった。

事情はわかった、とザカライアは改めて姿勢を正した。

「彼女と婚約していた者として、またこの泉の管理者として貴方に謝罪する。必ずこの泉は元の姿に戻し、新たに彫像を祠に納めると約束する」

〈祠も彫像も、前と同じものを作るのだ。それ以外は認めない〉

「最善を尽くす」

ザカライアは大きく頷いた。

「そのためにも、まずは不可視の壁の解除を願いたい。今のままでは土砂の撤去や祠の再建ができない」

〈……いいだろう〉

水の精霊は頷くと首をめぐらせた。すると木立に立ちこめるもやがたちまち失せていく。霧が失せたことで、日差しがまっすぐ森を照らす。

水の精霊の姿がぐにゃりとゆがんだ。

〈この地に生きる人間の長よ、必ずこの泉を清め新たな彫像を捧《ささ》げよ。でなくば次はセディ川を氾濫させようぞ〉

「……！」

セレストはぎょっとした。何という暴挙を考えるのか。

諫《いさ》めようとする暇もなく、水の精霊の身体は四散した。飛び散った水滴は宙できらめき、何かに付着する前に消えていく。

力の気配も失せ、威圧感から解放されたセレストは緊張を解いた。セレストの手を放したザカライアも長い息を吐く。

「まさか、アリシア嬢がここを破壊していたとは……」

「ザカライア様が婚約していたという方……ですか？」

「……ああ。グイグヴィル伯爵の令嬢だ」

ザカライアは苦い表情で言った。

「周囲から早く結婚しろと言われていたし異能持ち同士で悪い話ではなかったから、去年の春に婚約したんだ。だが秋になって、あちらから一方的に解消を通達してきた」

「一方的に？」

「俺は華やかな場が肌に合わないし、気の利いた言葉や贈り物を思いつく男ではないからな。婚約してから何度か顔を合わせたが、仕事で席を外すこともあったし。彼女はそういったことを不満に思っているようだった。だから仕方ないと思っていたんだが……」

ザカライアはぎゅっと拳を握った。

グイグヴィル伯爵家。アクアネル領に近い地域を治める貴族だ。ヴィド王国の時代に王女が嫁いだので、令嬢が異能を持って生まれていたとしても驚くことではない。

家格は釣りあうし、護国の英雄である〝アクアネルの黒き狼〟との婚約は大抵の貴族にとって大きな利益となるはずだ。なのに婚約を白紙にしたのは令嬢が精霊の怒りを買う可能性に気づき、これさいわいと父親を丸めこんだからに違いない。

「どのみち祠の再建や彫像の制作には職人が必要だから、俺一人ではどうにもできない。一度城へ戻って、皆と協議しなければならないな」

「ええ、今日のところはそうするしかありませんね」

セレストは頷く。それからふと、祠の周辺に散らばる破片に顔を向けた。

「ところでザカライア様。クラディスの彫像が水の精霊のお気に入りであることを、グイグヴィル伯爵の令嬢は……」

「彼女にも話してあったんだが……」

「……」

セレストは眉間にしわを寄せた。

グイグヴィル伯爵の令嬢と会ったことはないが、この泉での所業からすると性格に問題がある人物としか思えない。異能持ちであるなら親が大公家から教師を招き、力の扱い方や心構えを学ばせただろうに。精霊を怒らせる振る舞いをするなんて、一体何を学んだのか。

そもそも自分のものではない土地を荒らして後始末もしないことからして、人として失格だわ。ザカライア様もそんな方との婚約なんて、解消になってよかったのよ。

ともかく、早急にこの泉の復旧作業をおこなわなくては。怒っていても仕方ない。

そうして来た道を戻る道中。セレストはザカライアを見上げた。

「ザカライア様。水の精霊が気に入っていた彫像を描いた絵画などはありますか？」

「ああ。城の壁に飾ってあるものを参考に、城下の工房に制作させる。祠も城の書庫に設計図が残っていないか探して、以前と同じか近いものを建立させるつもりだ」

「そのほうがいいでしょう。あと、祭礼も執りおこなう必要があるかと。祠と彫像を奉納し、改めて許しを乞《こ》えば人間も礼儀を尽くしたと水の精霊は認めてくれると思います」

「祭礼か……」

ザカライアは何か思いついたのか顎《あご》に指を当て、瞳をめぐらせた。

「数年に一度、この泉で歌ったり踊ったりするな。一応は精霊に奉納するという建前で。そういう芸能を奉納するのも、水の精霊への謝罪になるだろうか」

「そうですね……あの水の精霊が人間の歌や踊りに興味を示していた事例があるなら、採り入れてもいいかもしれません。機嫌をとれそうなことは少しでもしておくのがよいかと」

「……祭礼というより、拗《す》ねた子供をなだめる段取りのように聞こえるが」

「似たようなものです」

微妙そうな顔のザカライアにセレストは苦笑して言った。

怒り狂った精霊をなだめる手段なんて結局、その精霊が望む物を奉納し誠意を尽くすことしかないのだ。人の命を捧げるわけでもないのだから、なりふり構っていられない。

「ザカライア様。祭礼については私に任せてくださいませんか？　精霊が関与している可能性に備えて、いくつか資料も持ってきてありますし。預言の異能を持つ者として、執りおこないたいのです」

「ああ、もちろんだ。祭礼の祭主は俺より貴女がふさわしい。手順や必要な道具作りの手配も貴女に頼みたい。城の書庫番には言っておくから、書庫の文献も自由に使ってくれ」

　ザカライアは力強く頷いた。

　それからも二人はいくつかのことで話しあい、それぞれの役割を決めていく。待たせていたコルヌコピアとゲーリッシュのもとに着いた頃にはもう、自分が何をするべきなのか互いに理解していた。

　待ちわびたとばかり早足で近づいてきたコルヌコピアの顔を撫《な》でてやりながら、セレストは身が引き締まる思いだった。

　精霊に祭礼を捧げる行事は大公家にもあってセレストが祭主を務めたことはあるが、それはいつも大人たちが周りで助言をしてくれてのことだった。正直なところ、自分一人で祭礼を執りおこなって精霊を鎮めることができるのか不安ではある。

　でも自分はヴィド王家の末裔であり、預言の異能を持つ者なのだ。大自然と向きあい、人間と精霊の仲立ちとなるのが宿命。不安ですくんでなどいられない。

この仕事、必ず成功させてみせる。

第二章　仕事と趣味と誇り

「皆さーん、ご飯の時間ですよー」

森の奥にあたたかな匂いと声が広がった。セレストの護衛として剣を腰に提《さ》げたフェデリアだ。

途端、黙々と作業に従事していた人々は手を止めた。しんとしていた場にほっとした空気が漂いだす。

「はい皆さん、器をとる前に手を洗いましょうねー小さい子じゃないんですから！」

フェデリアは声を張りあげ、泉の近くに設けられた即席の食堂へ向かおうとしている作業員たちを制止する。まったくねえと女性陣が頷《うなず》く。

これで手を洗わずにいられる強者はいない。作業員たちは渋々といった様子で大きな水桶《みずおけ》のほうへ歩いていった。

水の精霊がセディ川の水を堰《せ》き止めた理由が明らかになって、早十日。精霊の座所たる泉では土砂の撤去作業が進められていた。

作業をおこなっているのは、リグドムの森周辺の村に住む者を中心とした領民たちだ。まだ冬の真っただ中なので人があまり集まらないのではとセレストは不安だったが、思ったよりも多くの人手が集まっていた。

セレストも祭礼の段取りの手配がある程度済んだので、一昨日からはフェデリアを供にして土砂の撤去作業を手伝うことにした。作業員たちに昼食をふるまうのも、その一つなのだった。

長テーブルと椅子《いす》が並べられ、少しでも暖をとれるようにと焚《た》き火《び》もいくつか配置された即席の食堂の中。配膳を待つ行列が途切れ、作業員に少し遅れて昼食を食べながらフェデリアは呆《あき》れとも驚きともつかない長い息を吐いた。

「皆さん、食べっぷりがすごいですねえ」

「そうね。でもあんなによく働いているのだから当然だわ。これなら祠《ほこら》の設計が済んで資材の準備も整えば、すぐに再建工事にとりかかれそうね」

「肝心の、クラディスの彫像の代わりはどうなっているんですか？　あれをそっくりそのまま造らないといけないんですよね？　とっても難しそうですけど」

フェデリアがそう首を傾けると、セレストはええと頷いた。

「でもさいわい、壊された彫像の制作者に似た作風の芸術家がアクアネル領内にいるみたいなの。しかもちょうど、画廊に飾るために壊された彫像の模造品を制作中だったそうで。それを買いとることにしたと、ザカライア様はおっしゃっていたわ」

「へえ、そうなんですか？　じゃあ」

と、セレストとフェデリアの会話を聞いていた年上の女性が口を挟んできた。

「ここの祠を建てたら、何か儀式をするんですか？　精霊がお気に入りだったあの彫像とそっくりなのを、また飾るんですよね？」

「ええ。前の祠を建てたときには歌や踊りを水の精霊に奉納したと記録に残っていたから、今回もそうするつもりよ。段取りについて辺境伯様にお伝えしたから、近いうち皆にも通達があると思うわ」

セレストが説明すると、さらに若い娘が素敵、と目を輝かせた。

「今はこんなになっちゃってますけど、ここはほんとに綺麗《きれい》なところなんです。新しく祠を建てて泉のほとりで踊ったり歌ったりしたらきっと、物語の一場面みたいになると思います」

「そうだね。精霊が本当にやってくる祭礼なんてこの先一生ありそうにないし、踊り子のなり手は争奪戦になりそうだねぇ」

若い娘に続いて年上の女性も苦笑した。

一昨日は大公家の令嬢が庶民と一緒に働くことに驚いていた作業員たちもそろそろ慣れてきたようで、皆親しく声をかけてくれるようになっていた。

特に若い娘たちは行商人や旅芸人があちこちで話題にしていたという、セレストの第二王子との婚約解消について根掘り葉掘り聞きたがった。こういう上《うわ》っ面《つら》だけのろくでなしにひっかからないようにしないと、と大層盛り上がったものである。今後の恋愛の参考になればいいのだが。

そんなふうに今日も今日とて女性陣で談笑していたセレストだったが、ふと気づいて周りを見回した。

「そういえば、ザカライア様はどちらにいらっしゃるのかしら。さっきまでいらっしゃったのに」

今日はザカライアも作業の視察に訪れていて、賊や狼《おおかみ》の群れがこの辺りにいないか部下たちと共に見回りをしていたのだ。そのため、昼食は騎士たちにも用意されていた。

ああ、と年上の女性は頷いて泉のほうを見た。

「領主様なら泉のほうへ行ってましたよ。あたしらが昼食の用意をしてるあいだに」

「あら、そうなの？」

セレストは目をまたたかせると、まだ多少残っている昼食のパンを見る。ザカライアのぶんなのだが、どうしようか。

――――すると。

「公女様。申し訳ありませんが、ザカライア様のところへ昼食を持っていっていただけませんか？」

「私がザカライア様に？」

フェデリアが突然頼んできたものだから、セレストは目を丸くした。少々侍女らしくない振る舞いで他の侍女や執事たちから呆れられているとはいえ、セレストに何かを頼むことはなかったのに。

自分でも理解しているのだろう。フェデリアは眉《まゆ》を下げた。

「パンを入れてある器とかを早く空っぽにしないと、皆さんまだあると思って取りあいになるかもしれませんから」

「ああ……」

確かに食欲は恐ろしいものである。ザカライアのぶんだからと諦めさせるのも心苦しいので、早く持っていったほうがいいだろう。

ということで、申し訳なさそうなフェデリアからザカライアの昼食を預かったあと。セレストは泉のほうへ向かった。

ザカライアは積み重なっている土砂の近くで、紙を見下ろしていた。その表情は険しく、あまりよくないことが書かれているのは一目瞭然だ。

声をかけるのは躊躇《ためら》われてセレストがその場に立ち尽くしていると、ザカライアのそばにいたゲーリッシュがぶるると鼻を鳴らした。それを聞いてかザカライアは表情を緩め、ゲーリッシュを見上げて顔を撫《な》でてやる。

そうして愛馬の視線を追い、やっとセレストに気づいてザカライアは目を丸くした。

「セレスト嬢？　どうした」

「フェデリアに昼食を持っていってほしいと頼まれまして……お邪魔でしたか?」

「いや、もう終わるところだ」

ザカライアは苦笑し、持っていた紙を折りたたむ。セレストはそれを見て彼に近づき、盆を渡した。

「セレスト嬢は昼食をもう済ませたのか?」

「はい。こちらへ昼食を持ってくる前に、フェデリアやまかないの皆さんと一緒に。ザカライア様はこちらで?」

「ああ」

「そうですか。では、私はこれで失礼しま」

すね、とセレストが言いかけたときだった。

何の前触れもなく、ゲーリッシュが鼻面《はなづら》を突き出してきた。かと思うと、セレストの髪をはむとくわえたのだ。

「ゲーリッシュ! お前何をやっているんだ!」

ザカライアはぎょっとして愛馬を叱った。しかしゲーリッシュは耳をそよがせるばかりで、セレストの髪を放そうとしない。

「どうしたの? ゲーリッシュ。人間の髪はおもちゃじゃないのよ。貴方《あなた》も知っているでしょう?」

セレストは鼻面を撫でてたしなめた。するとゲーリッシュはセレストの髪を放してくれるのだが、今度は髪に鼻面を擦《こす》りつけるのだ。行かないでとでも言うように。

「ゲーリッシュ、やめろ」

再度ザカライアが叱るが、ゲーリッシュは聞かない。かといってザカライアは盆を持っているので、ゲーリッシュを引き離せないのだ。

今朝フェデリアに整えてもらった髪をすっかり乱されてしまったセレストはくすくす笑った。実家の馬屋にいる悪戯《いたずら》好きな馬にされたことがあるし、馬がすることだ。腹をたてても仕方ない。

「構いません。この子は私にまだここにいてほしいみたいですし」

「すまない。普段はこんなことをする奴じゃないんだが……」

ザカライアは困惑しきった顔で愛馬を見る。だが今度もゲーリッシュは主の視線を気にも留めないのだ。よく調教された馬だと思ったのだが、案外そうでもないのかもしれない。

そういうことで、セレストはもう少しここにいることにした。

セレストは乱れた髪を手で適当に直すと、ザカライアの隣に腰を下ろした。それに合わせてゲーリッシュも座りこみ、セレストの膝を枕にする。まるで昔からの顔馴染《かおなじ》みのような甘えぶりだ。

ザカライアは呆れきった顔になった。

「ゲーリッシュのこの姿を見たら、城の馬屋番たちは目を疑うだろうな」

「城の馬屋でこの子を撫でていたときも驚かれました。時間をかけて相手を見定めないと身体《からだ》を触らせないのに、と」

「ああ。それどころか乗せても気に食わなかったら、すぐ振り落とそうとするくらいだ。俺も最初の頃《ころ》は何度も振り落とされた」

なのにお前は、とザカライアは食事を口に運びながら愛馬に文句を言う。しかしゲーリッシュはのんびりしたものである。

セレストはゲーリッシュのたてがみを撫でてやりながら、ぐるりと辺りを見回した。

「作業をしている人たちから色々と話を聞きましたが、この森はアクアネル領の人たちに親しまれているのですね。皆さん、何かしらこの森で思い出があったりして」

「昔からそういう場所なんだ、ここは。生活に必要なものを得たり遊んだりしている。……まあその昔はまだ精霊が気まぐれなものだという認識が薄くて、あの水の精霊を怒らせてしまったこともあるそうだが」

「そういえば水の精霊に会ったとき、こちらにも精霊を怒らせた話があるとおっしゃっていましたね」

「ああ、その話だ」

ザカライアは頷いた。

──はるか昔、リグドムの森へ人々が足を踏み入れるようになった頃から水の精霊は泉に姿を現していた。そのため人々は精霊のために毎年祭礼を執りおこない、精霊から水の恩恵を得られるよう祈っていた。

しかし祈りもむなしく水害が起き、何故《なぜ》恵みをもたらさないのかと人々は水の精霊を罵《ののし》った。理不尽な怒りを向けられた水の精霊は井戸の水を涸《か》らし、セディ川を氾濫《はんらん》させてしまう。さらには感染症も広まって、アクアネル領はほろぶ寸前だった。

時の領主は考えた末、水の精霊に自分の命を差しだして民の無知への許しを乞《こ》うた。かくして水の精霊の怒りは鎮《しず》まった。

人々は自分たちの無理解によって善良な領主を死なせてしまったことを後悔した。そこで旅の芸術家がアクアネル領を訪れたとき、水の精霊に捧《ささ》げるための彫像と領主の偉業を称《たた》えるための銅像の制作を自分たちで資金を集めて依頼したのだった──。

「……では、それがグイグヴィル伯爵の令嬢に壊されてしまったという彫像の由来でもあるのですね」

「ああ」

水の精霊の物語を語ったザカライアは大きく頷いた。

「どこまで本当なのかわからない。伝承が事実をそのまま伝えているとは限らないからな。伝わっている領主の名は、書庫に公式の記録が残っている先祖ではあるが」

記録によると、とザカライアは語気を強めた。

「大きな水害があったとき、この先祖がアクアネル領のために力を尽くして亡くなったそうだ。次の代になって泉のほとりに祠が建てられ、領民の寄付を含んだ資金で精霊に奉納する彫像や城下の広場に建立する銅像が制作されたことも、城の文献に記録が残っている」

「領民が寄付をしたということは、それだけ慕われていた方だったのですね」

「ああ、文献によるとそのようだ」

どこか誇らしそうにザカライアは表情を緩めた。

だからあの日、彫像の欠片《かけら》を見て暗い顔をなさっていたのね……。

いわば先祖の献身の象徴なのだ。そんな大切なものを壊され何ヶ月も放置されていたなんて、許せるものではないだろう。

どうしてそんなひどいことをグイグヴィル伯爵令嬢はしたのかしら。ザカライア様が怒るのが想像できなかったはずないのに……。

理解しがたい愚行に改めて怒りがこみあげ、セレストははっとした。

「もしかしてザカライア様は、グイグヴィル伯爵へ抗議の手紙を送ったのですか？　先ほど見てらっしゃったのも、その返事だったりとか……」

「……ああ、よくわかったな」

苦い笑みを浮かべてザカライアは言った。

「貴女《あなた》とこの泉へ来た日の翌日に送ったんだ。ここへ来る前にその返事を持った使者と道で鉢合わせたので、その場で受けとったんだが……」

「……その様子ですと、よい返答はなかったのですね」

「ああ」

ザカライアは暗い表情で頷いた。

「言いがかりだとはねつけられてしまった。娘の主張を鵜《う》呑《の》みにして、祠を壊したのはアクアネル領の領民の仕業《しわざ》なのに婚約を解消されたからと嫌がらせをしている――とまで言ってくる始末だ」

「そんな、ひどい」

「ああ、まったくだ」

セレストが怒りをあらわにすると、ザカライアも苛立《いらだ》たしそうに長い息を吐きだした。

「賠償が欲しいわけではないんだ。ただアクアネル領にとって大切な場所を汚し、セディ川の流域の人々に迷惑をかけたことに対する謝罪が欲しいだけなんだがな……」

ザカライアはそう泉に顔を向けた。感情を堪《こら》えるように片方の拳《こぶし》を握る。

セレストは胸がざわついた。

「……ザカライア様。この件、私に任せてもらえないでしょうか」

「貴女に？」

突然の申し出に目をまたたかせるザカライアに、セレストは頷いてみせた。

「私自身、グイグヴィル伯爵と令嬢の振る舞いには怒っていますので」

セレストは領民たちが祠を押し潰した土砂の中から祠の残骸や彫像の一部を見つけるたび、怒りや悲しみを顔ににじませているのを見てきた。

『アクアネル領、特にこの辺りの集落の人間なら暇なときによくここへ来るんですよ。綺麗な場所でしたからね。あたしもここで昔、死んだ旦那《だんな》に告白されたもんですよ』

昨日の昼食のとき、ある年配の女性はセレストにそう語っていた。他にもこの泉での思い出を語る声はいくつもあった。

ここは水の精霊の座所、かつてのアクアネル辺境伯の偉業を称える場というだけではない。今生きているアクアネル領の民にとっても、思い出が詰まった場所なのだ。

なのにグイグヴィル伯爵の令嬢は異能で台無しにし、その後始末もせず逃げだした。しかも父親は娘の主張を鵜呑みにして、ザカライアを非難しているのだという。どちらも許せるはずがない。

ザカライアは緩く首を振った。

「俺もこのまま黙っているつもりはない。ケルトレク大公やセディ川流域の領主からも抗議してもらえないか、手紙を書くつもりだ。貴女の手をわずらわせる必要はない」

「ですがザカライア様から父や諸侯に抗議を要請した形であれば、グイグヴィル伯爵はザカライア様のことを悪く思うのでは？　また嫌がらせに父や諸侯に嘘《うそ》を吹きこんだとか、悪い噂《うわさ》をたてるかもしれません」

「……まあ、考えられなくはないが……」

「それにどのみちこちらの気象観測所から国へ、セディ川の水位が下がった原因について報告しなければなりません。精霊によって引き起こされた重大な事案ですから。遅かれ早かれ、領主同士の揉《も》めごとの範囲を超えるでしょう」

領主同士で揉めているとなれば、国は双方の主張を聞きとり調査しようとするはずだ。当然セレストやダーレンからも話を聞くだろう。

川の生態系と流域の人々の暮らしに悪い影響を与えたのだから、ザカライアの主張が事実だと認定されればグイグヴィル伯爵家への重い処分は免《まぬが》れない。内々で解決するのはもう無理だ。むしろザカライアが領主として誠実に対応しようとするほど、事態が悪くなる可能性がある。

「ですから私とダーレンさんに任せてください。ザカライア様のご迷惑になるようなことはしません」

セレストは真剣な表情で頼みこんだ。

ザカライアは眉根を寄せて考えるそぶりをした。あまり頼みたくないが、といった葛藤《かっとう》がありありと顔に出ている。

数拍して、ザカライアは諦めたように長い息を吐いた。

「……では、この件は貴女とダーレンに任せてもいいだろうか」

「はい。お任せください」

にっこりとセレストは笑顔で応じた。反対にザカライアは申し訳なさそうな表情をする。

「……要請以外のことまで頼んでしまって、すまないな」

「いえ……異能を使って精霊を怒らせ、他の領地に迷惑をかけた人を放っておくことはできませんから。元婚約者の不祥事の後始末が大変だというのは、私も多少は承知していますし」

「……」

穏やかにセレストが言うと、ザカライアは視線をさまよわせた。反応に困ったのだろう。

村娘まで知っているのだから、ザカライアがセレストの婚約解消を知らないわけがない。セレストはくすりと笑った。

「お気遣《きづか》いは要りません。一年も前のことですし、想い想われて婚約していたわけではありませんから。政略のためとはいえせっかく結んだご縁で、いい方だと騙《だま》されていたことに腹がたったくらいです」

「……確か国王陛下だけでなく初代ケルトレク大公夫人……貴女の祖母も婚約の成立に深くかかわっていたのだったか」

「はい。王家から婚約の打診があったとき、家族で一番積極的でした」

セレストは淡く笑んだ。

ラルフが大公となって以来、別邸でひっそりと暮らしていたセレストの祖母は、自分の孫娘と亡き兄王の孫の結婚に強い意欲を示していた。ラルフだけでなくセレストにも手紙を送ってきて、政治的な必要性を説《と》いてきたほどである。

「祖母は両家の橋渡しのため、大公家に嫁いできた人ですから。自分の孫の世代が国のために両家の友好の象徴となるのは当然だと考えたようです。……元々、預言の異能を持つ私を自分と重ねて見ていた節がありましたし」

だからある意味、婚約が成立してすぐに亡くなってよかったのかもしれないのよね……。

亡き兄の孫が浮気をしたのだ。しかもその現場を自分の孫娘が目撃してしまったときている。知らないほうがしあわせだろう。

ともかく、セレストにとって第二王子との婚約はとうに忌《い》まわしくもなんともない過去の一つでしかないのだ。だから村娘たちにも教訓として話したのである。

ザカライアはなんとも言えない表情になった。

「……以前王都の夜会で貴女と第二王子を見かけたときは、仲がよさそうに見えたのだが……」

「ええ。あの方は小さい頃に園遊会でお会いしてから、会うたびに私に優しくしてくださっていました。他の方も素晴らしい王子だとおっしゃっていましたし……どういう経緯の婚約であれ、前向きに関係を築こうと思っていたのです」

セレストの両親は政略結婚だったが、婚約中から互いに歩み寄り絆《きずな》を深めたのだという。二人が互いを見るときの眼差《まなざ》しの温かさと優しさをセレストはよく知っている。

だから自分も日々の交流を通して第二王子と心を通わせることはできるはずと、セレストは信じたのだ。コルヌコピアに乗るのを控え、芸術に目を向け、社交界で流行《はや》るものの話に耳を傾けて。自由な領地での生活に慣れた身には窮屈な王都で、多くの我慢をした。

なのに第二王子はセレストを裏切っていた。それどころか田舎《いなか》娘と馬鹿《ばか》にしたのだ。

いくら国のためでも限界だった。もし国王が渋ったとしても、セレストは父に婚約解消を頼んでいただろう。

「あの方は果たすべき責務も忘れ、ご自分の欲を優先させる方だった。……それだけのことです」

「……そうだな」

淡々と言ってセレストが目を伏せると、ザカライアは両腕を組んで感情的な息を吐いた。それから小さく笑う。

「お互い、元婚約者には苦労するな」

「そうですね。でも私の場合は、私自身が後始末に苦労したわけではありませんから。ザカライア様こそ、兄が暴走した件でご苦労があったのでは」

国中の気象観測所に対して、気象観測の情報や予報を地域の誰にも知らせるなと通達したのである。農業と牧畜が主要産業のアクアネル領は大混乱だったに違いない。

「……まあ、そこはダーレンが色々と融通《ゆうずう》を利かせてくれたからそれほどは」

微妙に視線をそらしてザカライアは言う。

この様子からすると、ダーレンが手を尽くしてもどうにもならなかった部分があったようだ。

ザカライアへどうにかしてくれと陳情が絶えなかったのかもしれない。

今度のお兄様への手紙は、一年前のことで抗議を書いたほうがいいかしら。でもそれはそれで、ザカライア様に迷惑がかかりかねないのよね……。

国を巻きこんだ家族の暴挙の痕跡を見つけてしまい、セレストは頭が痛くなった。


「まったく……なんでザカライアと競走しながら来るのかな、セレスト」

いつになく冬の寒さに包まれたある日。セレストとザカライアがセディ川の蒸留所にほど近い辺りに到着すると、数人の気象観測所の職員と共に先に着いていたダーレンは呆れ顔で腰に手を当てた。

「ザカライアとゲーリッシュに勝つのは無理でしょ。いくらコルヌコピアの足が速くて、君の乗馬技術がすごいと言ってもさ」

「だからこそよ。噂で聞いたゲーリッシュの本気を見てみたかったの。こちらに滞在しているあいだじゃないと、ザカライア様に競走を申しこむなんてできないでしょう？」

首や額に浮かぶ汗をハンカチで拭きながら、セレストは従兄《いとこ》の渋い顔ににっこりと笑顔を返した。

『セディ川の水位が上がっているがこの水を飲んでも大丈夫なのかと領民たちから問い合わせがあったので、水質調査に付き合ってほしい』

そうダーレンから要請があったので、セレストはザカライアと共にセディ川へ調査に向かうことにした。もちろんコルヌコピアとゲーリッシュを走らせてだ。

しかし、ただ馬たちを走らせるだけでは味気ない。それに『旦那様が一緒なら安全ですよね！』と笑顔で送りだされ、フェデリアや護衛の騎士も同行させていないのだ。

そんなわけでセレストはザカライアに競走を申しこみ――――負けたのだった。

まだ少し荒い呼吸を整え、ザカライアに頭を下げた。

「ザカライア様、わがままに付き合ってくださってありがとうございます。ゲーリッシュもありがとう」

「ゲーリッシュも久しぶりに全力で走って楽しかったと思うぞ。全力で走るのはいつも戦場か狩猟大会だからな。コルヌコピアもいい馬だし、貴女もいい腕をしているな」

「お褒めにあずかり光栄です」

「……これが国の英雄と大貴族の令嬢の会話ってどうだい……」

ダーレンは額に指を当てて長い息を吐いた。

どうしてダーレンさんはそんなにがっかりしているのかしら。私が馬を走らせるのが好きなのは知っているのに。

セレストは首をかしげる。ダーレンはああもう、と髪を掻《か》き回した。

そんな一幕で休憩したあと。セレストは異能でセディ川の水の塊を手元に招き寄せた。

「どうセレスト。水質はいい具合？」

セディ川の水の水質を分析し終えてセレストが浮かべた水の塊をセディ川へ戻すと、ダーレンが声をかけてきた。

振り返り、セレストは頷いた。分析結果を紙に記していく。

「ええ、ヴォイルフ城の井戸と同じくらいよ」

「ということは、蒸留所で使っても問題なさそうだね」

「そうね。味への影響はわからないけど、少なくとも体調を崩すようなことはないと思うわ」

だってさ、とダーレンはザカライアや職員たちを見た。〝水読みの姫〟の確約に、一同はほっとした顔になる。

しかしすぐ、ザカライアだけは首をひねってセディ川を見た。

「何故少しとはいえ、セディ川の水位が上がったんだ？　まだ土砂の撤去作業中で、祠の再建にはとりかかっていないぞ？」

「おそらくですが」

一度言葉を区切り、分析結果を書き終えたセレストは書類から顔を上げた。

「滞りなく復旧工事が進められているので、少しは人間に水を与える気になったのではないかと。でなければ単に、これ以上地下に水を溜《た》めておくことが難しくなったのかもしれません」

「まあ大地の貯水能力も無限じゃないからねえ。でも、あんまり作業に時間がかかっているとまたセディ川の水を止めるかもしれないよね。人間が怠けているとか勘違いしてさ」

ダーレンはさらりと言うが、冗談にならないのが精霊の恐ろしさだ。

ザカライアは苦い顔で両腕を組んだ。

「だが、これ以上作業の速度を上げるなんて無理だぞ。早く完成させようとして雑になったら、それこそセディ川を氾濫させられかねない」

「まあねえ。やりかねないよね、癇癪《かんしゃく》起こしてセディ川を堰き止めるくらいだし」

とダーレンはセレストに手を差しだした。すぐ理解してセレストは書類を渡す。

「なんにせよ、今のところ僕たちにできることはないよね。あとは領民たちの頑張《がんば》りに任せるしかない」

「だな」

ザカライアは頭を掻きながら長い息を吐く。領主の自分は何もできないのがもどかしいのかもしれない。

まあそういうことでさ、とダーレンは何故か妙な圧力がにじみ出ている顔をセレストに向けた。

「セレスト。今日はもうヴォイルフ城に戻りなよ？　君、毎日仕事でろくに城でゆっくりしていないってフェデリアから聞いたよ」

「趣味と実益を兼ねているのよ。ここなら大自然の勉強もできるし、コルヌコピアを思いきり走らせられるし」

「だからって大公の娘が毎日仕事なのはどうかと思うよ。大公もここまで仕事しろとは言ってないはずだし。今日くらいは大人《おとな》しく、ザカライアと一緒に帰りなよ」

半眼になってダーレンは言う。これにはセレストも反論できない。

そのくらいにしてやれ、と苦笑しながら助け船を出してくれたのはザカライアだった。

「セレスト嬢。近くに重量種の馬の牧場があるから行ってみないか？　ちょうど視察しようと思っていたところだ」

「っもしかしてソーディル種を育てているところですか？」

「ああ。アクアネルで一番大きな牧場だ」

苦笑しながらザカライアは頷いた。

ソーディル種はセレストが牧場で見たいと思っていた重量種だ。そういえば蒸留所の向こうに、牧場らしき建物が見えている。あれだろうか。

アクアネル領へ到着した日の夜、時間があれば牧場へ案内するとセレストに言ったのをザカライアは覚えていてくれたのだ。そうなればセレストの答えは一つしかない。

「だから、なんで仕事か馬の方向で話をするのかな君たち……」

がっくりとダーレンはうなだれる。他の者たちも生温かい目で何度も頷いた。

ともかく。そんなこんなで牧場へ立ち寄ることにしたセレストは、目の前に近づいてくる光景にただ目を輝かせた。

なにしろ柵の向こうに馬がいるのだ。それも何頭も、コルヌコピアより大型の馬が。

ソーディル種がこんなにたくさん……っ！

ヴォイルフ城の馬屋にもこの重量種はいたが数頭だけだったし、仕事で忙しかったのでゆっくり愛《め》でることができていないのだ。訓練の様子も見ていない。

でも今日は間近でじっくり見て愛でることができる。興奮せずにいられるわけがない。

セレストとザカライアが大きな建物の前で愛馬から下りると、従業員たちが駆け寄ってきた。

彼らが馬たちを建物の中へ連れていくあいだに、中年男性がザカライアに挨拶《あいさつ》をする。牧場主のようだ。

ザカライアに挨拶を済ませ、牧場主はセレストのほうをちらりと見た。

「ところで領主様、こちらの方は……」

「ケルトレク大公の令嬢だ。セディ川の水位のことで調査に来てくれていて、今日はこちらの馬を見てみたいそうだ」

「！」

ザカライアの紹介を聞くや、たちまち集まっていた人々は驚きと戸惑いの表情になった。ケルトレク大公の娘が調査員というのだから無理はない。公女が重量種の馬を見たがっている、というのもあるだろう。

牧場主の案内で厩舎《きゅうしゃ》へ向かって、しばらく。セレストはようやくソーディル種の馬たちと対面することになった。

「……っ」

黒の艶《つや》やかな胴の毛並み、黄みがかった白のたてがみ。首筋には流れ星のような白い筋。がっしりした身体を支えられるよう、膝《ひざ》から下が白い脚はコルヌコピアやゲーリッシュよりずっと太い。

牧場にいるどの馬よりも一際《ひときわ》大きい。まるで戦車そのもののような存在感だ。

なんて立派な……！

セレストはうっとりと見惚《みと》れた。速い馬もいいが、こうした雄々しく力強い馬もセレストの好みなのだ。

セレストがあんまりじっと見つめているからか、なんなのか。雄馬が鼻面を向けてきた。首の付け根でもセレストの背丈よりずっと高いので、鼻息が頭上から吹きつけてくる。誰だよお前、とでも言いたそうだ。

牧場主が林檎《りんご》を渡してくれたので、セレストはそれを見せながらにっこりと笑顔で馬を見上げた。

「こんにちは、私は貴方たちに会いにきたの。これ、あげるわ」

とセレストは林檎を差しだした。雄馬は胡散臭《うさんくさ》そうにセレストを見ていたが、やがて音をたてて林檎を食べる。嬉しいのか尻尾《しっぽ》が揺れている。

ああもう可愛《かわい》いわ……！

上機嫌でむしゃむしゃと食べる姿にセレストは頬《ほお》は緩ませた。首に抱きつきたいのをこらえ、雄馬の首筋を撫でる。

「……馬で遠出をするのを好む貴族の令嬢はアクアネルによくいらっしゃいますが、これほどソーディル種の馬を熱心に見つめる令嬢は初めてですなあ」

「城の馬屋番によると、城の馬屋でもこういうふうだったようだ。馬の種類に大層詳しくて、ゲーリッシュの両親がどんな馬かにも興味を持っていたとか」

「へええ、それはまた珍しい。それほど馬を好まれるのなら馬市へお連れしたら、今と同じかそれ以上に目を輝かせそうですなあ」

「だろうな」

そんな牧場主とザカライアのささやきが背後から聞こえてきたが、気にならない。この素晴らしい雄馬を愛でることのほうが大事だ。

「ねえ、この子たちはこれから訓練したりするの？　するなら様子を見せてもらいたいのだけど、いいかしら？」

「ええ、構いませんよ」

少々引き気味の様子で牧場主は頷くと、馬房から雄馬を出した。セレストは期待で胸を膨らませてあとをついていく。

訓練は並足や駆け足など、一般的なものだった。この馬は訓練を始めてまだ日は浅く、軍馬に育てるための特別な訓練はまだ先なのだという。

それでも、重量種だけあって間近で見ると歩いているだけでも迫力がある。馬車を曳《ひ》くソーディル種をじっくり見たことがないセレストにとってはまたとない機会だった。

そうして訓練の様子を思う存分見学して楽しんでいると、次第にセレストはうずうずしてきた。やはり見ているだけは性《しょう》に合わない。

この子たちに乗ることはできないかしら……。

ここまで大きな馬には乗ったことがないので、是非《ぜひ》とも乗ってみたい。きっとコルヌコピアとは違う乗り心地に違いないのだ。

セレストが小さく息を吐くと、ザカライアが隣に立った。

「……もしかしなくても、この馬に乗りたいのか？」

「……実は」

セレストはやや視線をそらして小さく頷いた。仕草や表情で駄々《だだ》洩《も》れだったのだろうが、願望を気づかれてしまったのが恥ずかしい。

「でも難しいですよね。さすがにこの子は私には大きすぎます。もう少し小柄な子なら横乗りできるかもしれませんが、重量種の横乗りの鞍《くら》なんて聞いたことがありませんし……」

重量種は農耕や軍事のための馬なのだ。女性が乗ることは当然想定されておらず、横乗りの鞍があるはずもない。

そうなのよね。冷静になって考えてみれば、私が重量種に乗れるはずないのだわ……。と、夢が叶《かな》いそうになくてセレストは肩を落としたのだが。

「セレスト嬢は、鞍なしで馬に乗ったことはあるか？」

「？　ええ、何度か」

セレストが答えるとザカライアはそうか、と一つ頷いた。振り返って牧場主を見る。

「小柄なソーディル種の準備をしてくれ。彼女が乗りたいそうだ。鞍はなしでいい」

「へ？　なしですか？」

牧場主は目をまたたかせた。鞍なしで落馬せずにいるのは簡単ではないのだ。

ザカライアは牧場主に苦笑してみせた。

「彼女の乗馬技術は俺が保証する。もし何か不測の事態が起きても、俺がそばにいれば対処できるだろう。セレスト嬢もそれで構わないか？」

「あ、はい……」

「へえ……では用意してきましょう」

セレストが頷くと、牧場主は不安と好奇が混ざった表情でザカライアに一礼して厩舎へ小走りで戻っていった。いくら貴族令嬢の乗馬が珍しくない土地柄とはいえ、重量種に鞍なしで乗るなんて聞いたことがないに違いない。

それにしても……〝アクアネルの黒き狼〟に乗馬体験の付き添いをしていただくなんて贅沢《ぜいたく》すぎるわ……。

つい頷いてしまったが、よく考えるととんでもないことのような気がしてならない。それにエセルが知ったらにやにやしそうだ。セレストは目が遠くなった。

ほどなくして、他の馬よりも少し小柄なソーディル種の馬が馬具をつけて連れられてきた。栗毛に黒いたてがみ。脚はやはり太く、ずんぐりしている。

馬を連れてきた牧場主は申し訳なさそうにしていた。

「申し訳ありません。どうも踏み台が壊れてしまったようでして……」

「代わりは」

「それが、あの一つしかなくて……」

申し訳ありません、と牧場主は繰り返し謝罪する。ザカライアもふむ、と考える仕草をした。

困ったわ。踏み台がないと私はこの子に乗ることができないのに……。

これではやはり諦めるしかないと、セレストは心の中でため息をついたのだが。

「では、俺が乗せよう。……失礼する」

そうザカライアの断りが入った途端。

え、と思ったのも束《つか》の間《ま》。気づけばセレストはザカライアに抱き上げられていた。彼の精悍《せいかん》な顔立ちが一瞬、セレストの視界を遮る。

濃い紫色の瞳にセレストだけが映っている。

紫水晶――。

息を呑《の》んでいるうちにザカライアの顔は遠ざかり、セレストは馬の背に乗せられていた。ザカライアと牧場主を見下ろすことになる。

目線がコルヌコピアよりもさらに高い。鞍がないぶん腹に触れた太ももやすねだけでなく、真下からも雄馬の筋肉質な身体つきが伝わってくる。コルヌコピアに乗っているときとは景色の何もかもが違うように見えた。

けれどセレストは、初めて乗った重量種の雄馬のたくましさにときめくことができなかった。

視界を埋めてすぐ離れていった顔の残像がまぶたにちらつくのだ。背や膝裏を支えた大きくて剣胼胝《だこ》のある手の感触も、触れられた辺りにまだ残っている。

しゅ、集中しないと……せっかく乗せていただいたのだから！

浮ついてしまった自分をセレストは慌てて戒める。訓練場の中でザカライアについてもらいながら、軽く馬を歩かせた。

地面から聞こえてくる馬の足音も全身に伝わってくる振動も重い。同じ馬でもこんなに違うなんてと驚くうち、次第にセレストの意識は乗馬のほうに向いていった。

「どうだ、セレスト嬢。ソーディル種の乗り心地は？」

「素晴らしいです。鎧《よろい》を着た騎士や重い荷物を運ぶだけあって、とても力強くて……」

あと、とセレストは小さく笑った。

「振動がコルヌコピアよりも重いですね。こんなに太い脚だから当然ですけれど」

「だろうな。貴女には新鮮だろう。次は走らせてみるか？」

「そうですね……ちょっと試してみてもいいですか？」

そう断りを入れ、ザカライアが少し離れたのを確かめてからセレストは馬を軽く走らせた。歩かせるとき以上の振動が全身に突き上げてくる。

「さすがセレスト嬢だな。鞍なしの横乗りで、初めて重量種を走らせているとは思えないぞ」

「お褒めにあずかり光栄です」

ザカライアの感嘆の声にセレストは笑顔で応じる。馬の背から落ちないようにと、内心はなかなかに必死だったが。

やっぱり鞍なしで横乗りは難しいわ……それにこの振動だから、あまり長い時間走ると身体がつらくなりそう。

でも、非日常の振動に胸がわくわくするのも事実。セレストは初めて馬に乗ったときのようにはしゃいだ。

訓練の見学に続いて乗馬も楽しんだあと。セレストは再びザカライアの手を借りて馬の背から下りた。遊びに付き合ってくれた馬に礼を言って頭を撫でてやる。

立っているのにまだ馬上で揺れているような感覚にセレストが苦笑しながら、牧場主の家族と共に軽い昼食をとったあと。従業員が馬たちを連れてくるのを待ちながら、ザカライアはさてとセレストに顔を向けた。

「セレスト嬢。朝から仕事だったし、そろそろ疲れていないか？」

「いいえ、これでも体力は外見よりはあるつもりですから」

にっこりとセレストは笑みを浮かべた。強がりではない。仕事と乗馬に明け暮れているので、体力に自信はあるのだ。

そうか、とザカライアは笑った。

「ならセレスト嬢。少し寄り道をしないか」

「寄り道、ですか？」

セレストは目をまたたかせた。ザカライアは顔を合わせるたび真面目《まじめ》で領主らしい振る舞いをしていたので、少々意外だったのだ。

「貴女に見せたい、景色がいい場所があるんだ。遠回りになるから、帰りは遅くなってしまうが」

「まあ、それは楽しみですね」

セレストは微笑《ほほえ》んだ。さらに馬たちが従業員に連れられてくるのも見え、寄り道への期待で胸が高鳴る。

――――けれど。

馬たちが近づいてくる視界の端に見えるザカライアの横顔を意識して、セレストはなんだか彼を視界に映らないようにしたくなった。

二度間近で見た、セレストだけを映した紫水晶の目を――――雄々しく端整な顔を思いだしてしまったのだ。

セレストの身体を支える腕の力強さも、何故かまだはっきりと身体に残っていた。


愛馬にまたがって牧場を出た二人は、行きよりも少し落とした速度で道を駆けた。

視界のほとんどが田畑と牧草地で、のんびりと草を食べている牛や羊の姿もある。離れたところには農場や牧場の建物、さらに遠くには丘の上のヴォイルフ城。その背後もまた田畑と牧草地が広がっている。

それだけアクアネル領は広大なのだ。そして代々の辺境伯が領地と民を守り、技術を伝えてきた証《あかし》でもある。

先を走るザカライアがゲーリッシュの足を止めたのは、それからしばらくしてからだった。

「まあ……！」

若木が一本立つ小高い丘の上で、セレストは思わず声をあげた。

セディ川からずらした視界のはるか遠くに、空や山とは違う青が見えていた。夏のよく晴れた青空のような濃い色だ。空や他の周囲の色が薄いだけに、より際立《きわだ》っている。

「あれは海ですね」

「ああ。山からも見えるが、平地からだと見られるのはここと城の上の階くらいだな」

「アクアネル領は海から離れてますものね」

言いながら、セレストは首をめぐらせた。頭の中にネイティリアの地図を思い描く。

海が見えるということは、手前にアズリーン領があって……ケルトレク領はあちらかしら。

そちらには遠くに青い山々があって、ケルトレク領の大地は隠れている。けれど山脈の名前がすぐ頭に浮かび、セレストは故郷から離れた場所へ来たのだと実感した。

「アクアネルには海がないから、海にかかわることなく一生を終える者がほとんどだ。だがここへ来れば海を見ることができる。だから海を知るためにここへ来る者は多い」

「ザカライア様も？」

「ああ」

ザカライアはふっと笑った。

「もっとも、王都郊外の港へ行ったときはここから見たのとはまったく違っていて、驚いたものだが」

「凪もないのに波が寄せたり引いたりしますし、独特の臭いがしますものね。水も川や泉とは全然違いますし」

「ああ。なのに一口飲んだ部下がいて……あれほど海の水は川や森の泉とは違うとよく理解できたことはないな」

しみじみとザカライアは言う。無邪気《むじゃき》に海水を口にした途端吐き出し涙目で真水を求める騎士の姿がありありと想像でき、セレストはくすくす笑った。それはさぞよく理解できたに違いない。

「セレスト嬢は海を見たことがあるのか？」

「はい」

まだ少し笑い含みの声で応《こた》え、セレストは頷いた。

「水読みの異能を持つからにはあらゆる水についてありのままの姿を知っておくべきだと、小さい頃から父が海に限らず色々なところへ連れていってくれました」

現地で汲《く》んだ水の分析をしたり、生息している生き物のことを調べたり。その性質の水を植物に与えるとどういう影響があるか実験したり。

海へ行ったときは塩を作る施設を見学したり。漁船に乗せてもらったこともある。大人《おとな》たちがセレストに見せるものさせてくれることすべてが、セレストの学びの場だった。

ザカライアは呆れに近い顔になった。

「それは旅行というより、勉学か修行のような……」

「傍目《はため》にはそうかもしれません。でも祖母へ会いに王都の別邸に滞在しているあいだと比べれば、遊びの延長線のようなものでした」

誰よりも一族の者らしいとも評された貴婦人のまっすぐな立ち姿がすぐまぶたに浮かび、セレストは小さく笑った。

『いいですか、セレスト。貴女が持つ預言の異能は、人と精霊を繫《つな》ぐ大切なものなのです。預言の異能なしに、人は精霊の言葉を知ることはできないのですから』

『精霊の言葉や大公家の異能を悪用しようという愚か者はどこにでもいるものです。大公家の威光を利用しようという者たちも。彼らの魂胆を見抜き精霊や異能を守るには、政治を理解しておかねばなりません』

そう言ってセレストの祖母が孫娘に与えた教育は、近づいてくる者のどういうところに気をつけるべきかや上手《じょうず》なあしらいかたの習得に留《とど》まらない。セレストの両親があまり重要視しない、芸術面の教養も深く身につけさせようとした。政治や経済についてもだ。

だからセレストは祖母が亡くなるまで、王都で同世代の貴族と社交の場以外で交流した記憶がほとんどない。夜になってやっと兄やエセルたちと遊ぶ時間ができる――といった具合だった。

セレストの祖母の厳しい教育を聞いたザカライアは真面目な表情になった。

「……つらくはなかったのか？」

「そうですね……祖母の教育熱を息苦しく思ったことは正直あります。芸術についてはあまり興味が湧かなくて、教師にも実技で微妙な顔をされましたし」

芸術の楽しみかたや技術の習得より、楽器や絵具に含まれる水分の成分が気になって仕方がなかったのだ。そちらに意識が向きそうになって、慌てて軌道修正したことは何度もある。

「ですが、祖母を嫌ったことはありません。大公家の異能や権力を利用しようと私に近づいてくる人がいるのは事実ですから。身を守る方法は学ばないといけません」

そんなセレストに対する一族の重鎮の教育をセレストの家族やエセルたちはよく思わず、孫娘を机に縛りつけるなと何度も抗議していた。祖母はほとんど耳を貸さなかったが、根負けして渋々といった様子でセレストに休日を与えていたものだった。

すべてはただ、預言の異能の番人としてセレストを育てるため。橋渡しの宿命を背負った孫娘を悪意と謀略から守るため。

そんな祖母の真意を理解していたから、セレストは祖母を嫌わなかった。先達《せんだつ》として尊敬し、目標にしたのだ。

おばあ様のように、己に与えられた役目を誠実に果たす人になりたい。

大事な異能を持つ者として、正しくこの橋渡しの力を守れる人になりたい。

と――――。

「……大公家は本当に、大自然と異能を中心に生きる一族なのだな。嫁いでこられたご婦人まで同じとは」

ザカライアは不意に、ぽつりとつぶやくように言った。

そうですねと小さく笑んで、セレストは海にまた顔を向けた。

「『己の才能を使いこなし、人々を守り導く。それがヴィド王家ひいてはいにしえの祭司《さいし》の一族の血を引く我らの務め』。……私もダーレンさんも含めて大公家の者なら皆、そう大人たちに教えられて育ちます」

「ああ、確か初代ケルトレク大公の言葉とか」

「はい、よくご存じですね」

「……まあ、そのくらいはな」

セレストが軽く目を見張ってザカライアを見ると、彼は一瞬苦い表情を浮かべた。

……？　どうしてそんな顔をするのかしら。ダーレンさんから教わったのでしょうけど、何かあったのかしら。

セレストが不思議に思っているあいだに、ザカライアは穏やかな顔になった。

「貴女たち大公家……貴女がそれほど異能を誇りにしているなら、大公が貴女の新しい嫁ぎ先を吟味するのに時間がかかるのは当然だろうな。預言の異能を悪用せず、共に守る覚悟がある男でなくてはならないのだから」

「それは……どうでしょうか」

セレストは曖昧《あいまい》な笑みで首を傾けた。

「父が私の意思を尊重してくれているというのもありますけれど、私はこの預言の異能を守ることが最優先ですから。結婚するにしても相手は分家の誰かであるのが一族には都合がいいですし、極端な話、私は結婚しないほうがいいのです」

大公家がネイティリアで権威を保っていられるのは、気象観測を司《つかさど》っていることや高貴な血筋だからというだけではないのだ。あちこちからの要請に応じて、地域の大自然や精霊がかかわる様々な問題を解決していることも大きい。

セレストの嫁ぎ先はそうした大公家の権威を維持する異能の中で、もっとも希少で重要な異能を手に入れることができる。ザカライアが言うように安易に結婚して、相手の家に異能を悪用されることがあってはならない。

「さいわい、大公家が断れない縁談というのもありませんし。世間体《てい》を気にして結婚を急ぐなんてしたら、亡くなった祖母に叱られてしまいます」

　さらりとセレストが答えると、ザカライアはなんとも言えない表情をした。

「しかし……貴女はそれで構わないのか？　嫁ぎ先に預言の異能を悪用されないよう慎重になる必要はあるだろうが、貴女に独り身《ひとみ》を強要してまで一族の存在意義を貫かせようとは大公も考えていないだろう」

「そうですね。父も私が結婚しないままだと手元に置いておけるのが嬉しい代わり、複雑だと思います」

　くすりとセレストは口元だけで笑ってみせた。

「でも構いません。そもそも私は結婚したいとは思っていませんから」

「……！」

「もちろんいいご縁があれば、前向きになるのかもしれませんけれど。今はあちこちで仕事して異能で人の役に立ったり、友達と話したり、大自然の中でこうして馬を走らせたり……自由に過ごしていたいのです」

　驚くザカライアにセレストはからりと言ってみせ、大自然に顔を向けた。

　両親に愛されて育った年頃の貴族令嬢であれば、素敵な男性と出会って恋をしてとか両親がいい結婚相手を見つけてくれる――といったことを夢見るのだろう。エセルも幼馴染《おさなじ》みとの結婚を意識しだした様子だった。

けれどセレストはそういう少女らしい甘い夢を抱いたことが一度もなかったし、今もない。これからもないかもしれないという気さえする。

貴族令嬢として、結婚して家に利益をもたらす義務を果たすつもりはあるけれど……でも本当に結婚したいとは思えないのよね。

大自然についての勉強に励み、得た知識を基に仕事して。時々外出してエセルたち親族や領民と交流したり、社交の場に参加する。

そんな今の暮らしで充分楽しいのに、他に何を欲しがることがあるのだろう。

とはいえ兄が家を継いでも実家暮らしはさすがに体裁が悪いので、そのときは実家を出て働くつもりだが。

大公家は気象観測所以外でも、叩《たた》きこまれてきた一族の知識や技術、生来の異能を生かして働く場が数多くある。動植物の生態調査や研究、農業や漁業などの一次産業。異能によっては飲食店や工場もだ。大自然が相手の仕事に限らない。

セレストの水読みの異能は水そのものだけでなく土や植物、魚の性質を知るのにも役立つので、研究職の働き口はすぐ見つかるだろう。

むしろコルヌコピアに乗ってネイティリア各地の大自然を相手にする仕事の日々は幸福としか思えないので、今からでもやりたいくらいだ。それとなくねだってみたものの、父の許可は得られていないのだが。

　ザカライアはふっと口元を緩ませた。

「……貴女と結婚できる男は、この世で一番の幸運の持ち主だろうな。大公だけでなく、難攻不落の砦《とりで》のような貴女自身にも認められたということなのだから」

「難攻不落だなんて、そんな大仰《おおぎょう》なものではないですよ。結婚に慎重でなければならないのは、誰でも同じですし」

「だが貴女の場合、王家と同等以上の背負うものがある。馬に釣られないよう、気をつけないとな。いい馬の持ち主がいい人物とは限らない」

　照れ笑いのセレストにザカライアは説教めいたことを言う。けれど声も表情もからかう色しかない。

　もう、ザカライア様までエセルやお兄様と同じことをおっしゃるのね。

　自分でも名馬を見れば心が揺れてしまいそうな気がするだけに、なんだか悔しい。だからセレストは澄ました顔を作った。

「それは大丈夫です。王都では乗馬を控えて淑女らしくしていましたから。ケルトレク大公の娘が乗馬を好むと知っていても、馬そのものを好むと知っている貴族の殿方はほんの少しだけです」

　それに、とセレストは強調する。

「コルヌコピアもですけど、ゲーリッシュも素晴らしい馬ですもの。父が所有する馬も名馬揃《ぞろ》いですし。ちょっとやそっとでは釣られたりしません」

「なるほど。褒めてもらえてよかったな、ゲーリッシュ」

笑いながらザカライアはゲーリッシュに話しかける。うん嬉しい、と言うようにゲーリッシュはぶるると鼻を鳴らす。

小娘の強がりだと思われたような気がして、セレストはまた心の中でむくれた。


リグドムの森の奥にある、泉のほとり。今日も今日とてセレストは異能を解放した。

目と手のひらを水面に向け、セレストは水中に意識を向けた。きらめく水面に、泉に沈んだ土砂が重なって映る。

セレストがその土砂に意識を集中させて腕を引き上げると、土砂は見えない何かに吸われるように水中から飛びだしていった。腕の動きに合わせて地面にどろりと積もっていく。

セレストはさらにその土砂から水分を抽出し、泉へ戻した。地面には乾いた土だけが残される。

「終わったわ。皆、運んでちょうだい」

「へい。――――おら、皆やるぞ」

セレストが首をめぐらせると、少し離れて一連の作業を見守っていた作業員たちが道具を手に土砂のところへ集まっていった。初めてセレストの異能を見たのか見惚れる者もいて、数拍してから慌てて仲間のあとに続く。

泉の周辺にある土砂や祠と彫像の残骸を作業員たちが撤去したあと。作業は泉に沈んだものを引き上げる段階になっていた。あの水の精霊が泉に沈んだ土砂に文句を言わないわけがない。セレストが異能で泉に沈んだ土砂を引き上げ、水分を抜いてから作業員たちが撤去していた。

撤去した土砂はすべて、崩された崖の下に運んである。ダーレンによると、他に捨てられそうな場所がないらしい。崖の下になだらかな斜面を作って草花を植えていく計画で、ダーレンたち気象観測所の職員が土に合った草花の種の準備をしている最中だ。

泉の土砂の撤去が終わればいよいよ祠の再建だ。設計図は完成し、必要な資材の準備も問題なく整えられている。泉と祠の復旧工事は順調に進んでいた。

あとは彫像の制作だけど、そっちはどうなっているのかしら。ザカライア様は特に何もおっしゃっていないけれど……。

今夜の夕食のときにでも聞いてみよう。そうセレストは考えながら、作業現場の周辺で切り株や倒れた木の幹に腰を下ろす兵士たちに近づいた。念のためということで、警備の兵が何人かつけられているのだ。

「お役目ご苦労様。変わった様子はないかしら」

「っ！　は、はい特に異状ありません！」

兵士たちはセレストに気づくと慌てて立ち上がって直立不動になった。まあ傍目には仕事を怠けているように見えなくもないので、仕方ない。フェデリアもじとりと三人の兵士を見ている。

そんなものだから、彼らから離れてもフェデリアは顔をしかめていた。

「なんか頼りないですねえ……騎士の方も一応、あっちにいますけど。もうすぐ春だから飢えた狼とかがうろついてますし、熊もそろそろ冬眠から起きるでしょうから油断はできないんですけどね。賊も襲ってくるかもしれませんし」

「そうね。でも今のところは何もないのだし、私たちが出る幕ではないわ。何か問題があれば、あちらの騎士が注意するでしょうし」

「だといいんですけど」

フェデリアは首を傾けた。

「もし狼とか猪《いのしし》とか出てきたら、公女様の異能でどうにかできたりしないんですか？　水の中に何が入っているのか調べられるのなら、氷漬けにしちゃったりとかもできそうですけど」

「それは無理ね。異能は生まれつき備わった範囲以上のことができないものだから。私は水の成分を調べたり、少しばかり操るのが限度よ」

「そうなんですか……じゃあ私、頑張って公女様をお守りしますね」

「ありがとう。でも無理はしないでちょうだい」

きりりと表情を引き締めてフェデリアは言うが、それでも凛々《りり》しいと思えないのはまとう雰囲気のせいなのか。可愛らしいという印象はどうにも消せない。

セレストは苦笑して木立に目を向けた。

精霊から加護を与えられればより異能を得ることができると、古い文献には記されている。大公家の始祖である祭司の一族もそうした幸運によって繁栄し、やがて国を築くようになったのだという。

しかしヴィド王国時代の半ば以降、精霊の加護を得た異能持ちの記録はない。精霊と人間の距離は一定に保たれ、人間は生まれ持った範囲で異能を駆使するしかなかった。

でも精霊の加護のことは大公家以外だと、ごく一部の学者しか知らないのよね。そもそも異能について、誰もが詳しく知っているわけではないのだし。フェデリアが私に期待してしまうのは仕方ないわ。

そうしたことを考えながら土砂が崖のほうへ運ばれていくのを待ち、異能を使ってまた土砂を泉から引き上げるのをセレストは繰り返した。もう皆作業の仕方も誰がどの役割なのかもしっかり把握しているので、無駄な動きをせずてきぱき作業に没頭している。

空に黄色や橙《だいだい》色が見えるようになり、セレストはまとめ役の男に声をかけた。

「ねえ、今日はこれぐらいにしてもいいんじゃないかしら」

「そうですなあ……あともう少しなんで、きりよく終わらせたいところですが……」

まとめ役の男は空を見上げ、泉のそばの土砂にも顔を向けた。聞いていた他の作業員たちから少々文句が出たのだが、うるせえ俺はきりがいいのが好きなんだよと却下を決めこんでいる。

それでも場の雰囲気が悪くならないのは、なんだかんだ言ってこのまとめ役の男が作業員たちに頼りにされているからか。あるいは他の者たちも、少しはそう考えているからか。

そんな中、作業員たちを送迎する乗り合い馬車がやってきた。まだ土砂は少し残っているのだがさすがに作業員たちも顔を上げ、期待の目でまとめ役の男を見る。

もう終わろうと訴える眼差しを四方から受け、まとめ役の男が呆れた様子で仕方なさそうに後頭部を掻いていたそのとき。

「――――」

尋常ならざる力の気配を感じ、セレストは辺りを見回した。

「公女様、どうなさった」

中空を見上げたままのセレストの近くにいたフェデリアはそこまで言って、ぎょっとした表情になった。

何しろ、水の精霊がいつのまにか宙に浮いていたのだ。泉や作業員たち、セレストを静かな眼差しで見下ろしている。

セレストが異能を使いやすいよう泉から離れていた作業員たちも水の精霊に気づき、驚いた顔で見上げた。場に戸惑いと緊張が広がる。

水の精霊よ、とセレストは呼びかけた。

「今日はそろそろ作業を終わりますが、祠の再建はこの土砂の撤去作業が終わってから始める予定です。彫像も町の工房で以前のものに近い作風で制作しています。貴方が心配するようなことは何一つありません」

声を張り、セレストは水の精霊に語りかける。精霊は何も言わず、セレストをじっと見下ろしていた。

言葉に嘘がないか見抜こうとしているのを、離れていてもセレストは全身で感じた。力の気配が強まったのだ。作業員やフェデリアたちも水の精霊から放たれる気配を感じとったのか、恐れを一層濃く顔に浮かべる。

ここでひるむわけにはいかない。セレストは水の精霊の眼差しを受け止め、見返した。

セレストと水の精霊が視線を交わして数拍。不意に水の精霊は首をめぐらせた。セレストたちに背を向けたかと思うと、中空でただの水となって消える。

水の精霊の気配が失せ、場の緊張も解けた。しかし作業員たちの不安はまだ消えないようで、緩くもざわついた空気が残っている。

セレストは作業員たちを見回した。

「皆、大丈夫よ。水の精霊は私たちの様子を見にきただけ。作業をちゃんとしていれば怒ったりしないわ」

おそらく、人間が復旧工事をやめたりしないか確かめにきたのだ。先日セレストがセディ川の問題の調査でやってきた国の役人にこの森の中で説明していたのを、水の精霊は見ている。復旧工事以外のことをしていたので、人間はここの復旧を諦めたのかと疑いを抱いたのかもしれない。

一応、あのあとで水の精霊には事情を説明したのだけど……それでも気になったのかしら。
私やザカライア様がいるのだから、信用してほしいものだけど。

セレストがそう心の中でため息をつく一方。作業員たちはほっとした表情で緊張を緩めていた。精霊と交流する異能をセレストが持っていることは、彼らにも伝えてあるのだ。

だがフェデリアだけは違っていた。

「……私たち、まだ水の精霊にちゃんと仕事しないかもって疑われてるんですか？　そりゃ井戸があるからそこまで不便じゃないですけど、セディ川の水位が元に戻らないと困る人は大勢いるんですからそんなことするわけないのに」

「そういう人間側の考えを精霊に理解してもらうのは難しいわ。精霊は人間ではないのだから。でも何も言わず去っていったからきっと、人間は仕事を怠けたりしないようだと信じてくれたのだと思うわ」

「当然です」

びしりとフェデリアは言う。毎日皆で真面目に作業しているのに、と言わんばかりだ。わからないわけではないので、セレストは苦笑するしかなかった。

二人が話していると、馬が走ってくる音が聞こえてきた。ゲーリッシュに乗ったザカライアが部下を従えて姿を現し、見張りの兵士たちは慌てて敬礼をする。

「セレスト嬢、水の精霊の気配が先ほどしたのだが」

「ええ、私たちが作業を怠けていないか様子を見にきたようです。すぐ去っていきましたから、問題ないかと」

「そうか……それならいいが」

セレストが微笑んでみせると、ザカライアは硬くしていた表情を緩めた。領民に顔を向けた。

「皆、今日の作業は終わりか」

「へえ、ちょうど終わったところでして。領主様はこっちの様子を見にきたんで？」

「ああ。山にある兵の詰め所へ行った帰りだ」

まとめ役の男にそう返し、ザカライアは土砂のほうを見た。

「あの土砂は泉の中にあったぶんか？」

「ええ、公女様いわく、あれで泉に沈んだぶんは終わりだそうで。明日には終わらせますよ」

とまとめ役の男は請け合う。ザカライアは表情を緩めた。

「皆、頑張ってくれているな。急な仕事を引き受けてくれた褒美《ほうび》だ。明日、リーグシャー村の居酒屋へ酒を届けさせよう」

「！」

ザカライアが約束すると、場にいた作業員たちは一斉に色めき立った。

「もちろんいい酒ですよね？」

「久しぶりに浴びるほど飲むぞ！」

「領主様最高っす！」

つい先ほどまで重労働をしていたとは思えない元気さだ。もう今日中に作業を終わらせられるんじゃ、とセレストはうっかり考えてしまう。

あーあ、とフェデリアも大喜びの作業員たちを呆れ顔で眺めた。

「いいんですか旦那様、そんなこと言って。この人たち、ばかすか飲んで何かやらかしかねないですよ？」

「作付けやらの準備があるのにこっちを優先してくれたんだ、酒くらい差し入れないと割に合わないだろう。皆から集めた税の還元だ」

「そんなものですかねえ……」

領主らしいザカライアの理屈だが、フェデリアは不満顔だ。セレストのほうを向く。

「公女様、明日は早く帰りましょう。仕事が終わらないうちにこっちへ持ってきて、飲もうとする人がいるかもしれませんし」

「村からここまで離れているし、そんな人がいるとは思えないけど……」

「いえいますって。アクアネルのお酒好きは皆、駄目人間なんです！」

「おいおい嬢ちゃん、そいつはひどくねえか？」

　苦笑するセレストにフェデリアが力説すると、横から作業員の抗議が入ってくる。しかしその直後からいや事実だろだのこのあいだ嫁に家から追いだされたしなだのと、他の者たちがげらげら笑いながら言うのだ。ろくでなしの自覚はあるらしい。

　ザカライアも喉を鳴らして笑った。

「酒好きとしては耳が痛いな。だが確かに作業中の酒は危険だし、酔って帰れなくなるのも問題だ。居酒屋の店主には、夕方まで酒を渡さないよう言っておくことにしよう」

「絶対ですよ、旦那様」

　フェデリアはじとりと見上げて念押しする。この場にヴォイルフ城の年配の侍女がいれば、なんと失礼なと目を吊《つ》り上げていそうだ。ザカライアは気にしていないが。

　あら、そういえば……。

「どうした、セレスト嬢」

「いえ……」

　今日の作業は終了ということで作業員たちと共に引き揚げようとしたとき。足を止めてまたたきしているのを見てかザカライアが不思議そうに尋ねてきたので、セレストは曖昧に笑った。

「父からこちらのお酒を土産《みやげ》にするよう頼まれていたのを思いだしたのです。すっかり忘れていました」

「ああ、大公は酒を好むのだったな」

ザカライアが納得顔で一つ頷くと、フェデリアは首をかしげた。

「大公様は、お酒がお好きなんですか？」

「ええ。屋敷に大きな収蔵庫を造って、あちこちから取り寄せているのよ。だから最初アクアネル領へ行くよう言われたとき、私をお酒の買いつけに行かせるのかと思ったのよね」

「ええ？　まさかそんなこと」

「するのが父なのよ。まあ、それでも別にいいのだけれど」

セレストは肩をすくめた。

じゃあ、とフェデリアは両手を叩いた。

「明日、旦那様と一緒に城下の酒屋へ行かれたらいいんじゃないですか？　大通り近くの通りにおっきな酒屋があるんです」

「ああ、騎士たちがよく行く酒場の隣にある店だな。アクアネル中のいい酒を集めている」

「旦那様はさすがよくご存じですね。というわけで公女様、旦那様と一緒に行ってお土産のお酒を選んだらいいいんじゃないでしょうか」

「ザカライア様と？」

セレストは目を丸くした。ザカライアも似たような表情だ。

「でも、ザカライア様もお仕事があるでしょうし……」

「城下の視察もお仕事です！」

屁理屈《へりくつ》をフェデリアは力強く主張した。

「公女様も旦那様もお仕事しすぎなんです。たまにはお休みしないと駄目ですよ」

「領主の俺が毎日働くのは当然だと思うが……まあ元々大公には、アクアネルの最高級の酒を用意するつもりだったからな。明日あそこで見繕うのもいいか」

「酒屋へ行くまでは、旦那様が城下を案内してあげてください。旦那様は城下にお詳しいんですし」

「ああ、もちろん案内するつもりだ」

フェデリアの圧の強さにやや引いた顔でザカライアは答える。どうしてもセレストとザカライアに城下へ行ってほしいようだ。

まあ当然だろう。フェデリアが言うように、セレストは仕事漬けの日々なのだ。土砂の撤去作業を手伝うだけでなく祭礼の手配もしているし、気象観測所の職員たちとセディ川の生態系の調査やどう再構築するかについて話しあってもいる。ヴォイルフ城で貴族令嬢らしく優雅に日中を過ごすことは、ほとんどなかった。

……そのぶんフェデリアも護衛としてあちこちについてきてくれているのよね。コルヌコピアもほとんど毎日走らせているし……確かに休ませてあげたほうがいいかも。

しかしつい先ほど、水の精霊が人間たちの働きぶりを確かめにきたばかりなのだ。さすがに明日また現れたりはしないだろうが、作業員たちの動揺を見ているので放っておくのは少々気が引ける。

「……行ってきたらいいんじゃねえですかい」

セレストが眉根を寄せていると、不意にまとめ役の男が口を挟んできた。

「泉の中の土砂は、ああして全部引き上げてくださってるわけですし。水の精霊が来ても、真面目に仕事してりゃいいんでしょう？　そのくらいなら俺たちでもできますよ」

「そうそう。精霊は私たちの言葉はわかるんですよね？　それなら『私たちは真面目に仕事してます』って言えばいいんですし。こっちのことは気になさらなくてもいいですよ」

と、フェデリアはまとめ役の男に続く。

……これだと、もう明日は城下へ行くしかなさそうね。

「ではザカライア様、城下の案内をお願いしても構いませんか？」

「ああ。明日なら雑貨市が開く。アクアネルの内外から商人が物を売りに来るから、露店を見ているだけでも楽しめるだろう」

少し首を傾け申し訳なさそうにセレストが言うと、ザカライアは快諾してくれる。視界の端で何故かフェデリアがものすごく嬉しそうに拳を握り、まとめ役の男がにやにやしているのが見えた。

そんなこんなでヴォイルフ城へ戻り、湯浴みや夕食を済ませ、寝間着に着替え。今日も充実した一日の疲れを感じながら寝台に腰を下ろしたセレストは、何気なく窓の外に目を向けて目をまたたかせた。

光……？

「公女様？　どうかしました？」

「窓の向こうに見える、あの光は何かしら。あの辺りは国境の山の中腹よね？」

「ああ、あれは兵の詰め所の明かりだと思いますよ」

セレストが窓の向こうの光を指差すと、作業の手を止めてそれを見たフェデリアは一つ頷いてみせた。

「ランストネがいつ攻めてきてもわかるよう、不審な動きがあったらあそこから狼煙《のろし》や鷹《たか》で城まで教えてくれるんです。夜の見回りをしているんだと思います」

「そういえば日中、ザカライア様は詰め所へ行ったついでに作業現場を見にきたとおっしゃっていたわね」

頷き、セレストは納得した。

隣国ランストネの軍勢がいつ襲ってきてもおかしくないのだ。領民が寝静まろうとする時間であっても、警戒を緩めることはできないに違いない。

ケルトレク領とは本当に違うわね……以前あちらの詰め所へ行ったときは、賊の討伐や獣を狩るときくらいしか剣を振るう場がないって兵士たちが苦笑いしていたのよね。

フェデリアも当たり前のこととして、ランストネの襲撃を口にするのだ。セレストは故郷との違いを改めて実感した。

「……前回ランストネとアクアネル領が小競《こぜ》り合《あ》いをしたのは、二年前だったわね。そのさらに前は五年前だったかしら。フェデリアも城に籠《こも》ったりしていたの？」

「はい。私は五年前に家族でこっちへ引っ越してきたんです。だから引っ越してすぐ、よその国が攻めてきたって聞いてびっくりしました」

窓のカーテンを閉め、フェデリアはからりと笑った。

「でも、五年前のときから旦那様はすごかったんですよ。戦場へ行った騎士の方に聞いたんですけど、騎士団を指揮する以外でも大活躍だったらしくて。異能で風を操って、矢がアクアネルの兵に降ってこないようにしてくださったんだそうです」

……え？

「ザカライア様が、風で矢の雨が降ってこないようになさったの？」

「はい。旦那様の風のおかげで、亡くなったり怪我《けが》をしたりする兵が最小限に抑えられたって言ってました」

片づけをしているフェデリアはセレストが眉をひそめていることに気づかないまま振り向き、首を傾けた。

「ケルトレク領や王都のほうで、そういうのは噂になってなかったんですか？」

「ええ。ザカライア様の采配が見事だったとかそういうのは聞いたけれど、詳しいことまでは。噂になっていても私が知らなかっただけかもしれないわね」

フェデリアがセレストの疑問に気づいていない様子であるのにほっとしつつ、セレストは肩をすくめた。

フェデリアが部屋から下がったあと。セレストは顎《あご》に手を当てて考えこんだ。

『天気が変わるのを察知したり、少しばかり風を吹かせられる程度しかできない』

リグドムの森の奥で泉に向かう最中、ザカライアはそう自分の異能をセレストに説明していた。実際に彼が吹かせた風もささやかなものだった。

だが矢の雨から兵士を守るとなれば、かなりの強さのはず。アクアネル騎士団の兵士たちが風で体勢を崩さないよう、強風を上空や前方だけに留める制御技術も必要だ。

本当は強力な風の使い手ということ？　それを隠していらっしゃる？

先祖返りで強力な異能持ちというのは、ありえない話ではない。異能の有無やどういう異能を持って生まれるかは、天の采配でしかないのだから。

グイグヴィル伯爵もザカライアの功績だけを目当てにしたのでなく、強力な風の異能持ちと聞いていたから異能持ちの娘を結婚させようとしたのかもしれない。孫が異能を持って生まれるかもしれないと願って。

「……」

セレストの眉間のしわは深くなった。

ザカライアが異能で再建工事にかかわらないのは問題ではない。水の精霊は彼が作業現場にいなくても怒りを示していないし、ザカライアはアクアネル領の領主なのだ。工事の作業にかかりきりで執務が滞るようなことがあってはならない。

けれど、気になる。

どうしてザカライアは自分の実力を偽っているのだろうか。

第三章　力ある者の責務

朝食のあと、セレストが私服姿のザカライアと共に馬車に乗りこんでしばらく。大通りを抜けて広場に入ったところで古い時代の鎧《よろい》をまとった騎士の銅像が中央にあるのが見えてきて、反対側の席に座るザカライアのほうを向いた。

「ザカライア様、あの銅像はどなたなのですか？　似た方を描いた絵が飾ってあるのを、城の廊下で見たような気がするのですが」

立派な身なりをした男が城門の前で民衆に何かを告げている構図の絵だった。一人一人表情や姿勢が違っていて、陰影の使い方も劇的。絵に対する感性がいま一つと教師に嘆かれたセレストでも物語の転機が訪れた迫力を感じ、記憶に残っていた。

ああ、とザカライアは表情を緩めた。

「あれは先日話した俺の先祖の像だ」

「ということは、水害からの復興に力を尽くしたという……」

あれがザカライア様のご先祖様……。

ザカライアが説明しているあいだにも、馬車は銅像を横切っていく。セレストはじっと騎士の銅像を見つめた。

　銅像が馬車の窓から姿を消し、セレストはザカライアに顔を向けた。

「立派な銅像ですね」

「ああ。民に尽くした領主の鑑《かがみ》だ。今は偉業を称《たた》えるためではなく、ただの待ち合わせ場所だがな」

　そう肩をすくめ、ザカライアは窓の向こうの賑《にぎ》わう大通りに目を向けた。

　くすりとセレストは笑った。

「ならザカライア様もいつかどこかの広場に銅像が建てられ、広場から民の生活を見守るかもしれませんね。ランストネからアクアネル領ひいては国を守る英雄であり、よき領主なのですから。ご先祖様に負けない功績です」

「先祖のようにいい領主でありたいとは思うが、銅像になるのは嫌だな。俺は死んだあとまで自分の姿を残したくない」

「でも、どのみち肖像画がヴォイルフ城の壁に飾られるのではないでしょうか。それにもう、王都の城下ではザカライア様の絵姿が売られていたりしますし」

「ああ、あれな……」

　王都で見たことがあるのか、ザカライアはげんなりといった表情になった。王都にいた頃《ころ》聞いた話によれば本人とは似ても似つかないものが多いとのことなので、こんな顔をするのも当然だろうが。フェデリアやダーレンたちがもし王都に流通している〝アクアネルの黒き狼《おおかみ》〟の絵姿を見れば、腹を抱えて笑うに違いない。

そんなことを話しているうちに馬車は市場の前に着いた。ザカライアの手を借りて馬車から降りると、市場前の喧騒《けんそう》がセレストを包む。

王都ほどではないにしても、市は大通り以上の人であふれていた。通路の両側に露店が軒を連ねているものの、人々の行き交いが絶えないので何の品が置かれているのかなかなか見えない。

一体何を売っているのだろう。セレストは興味津々《しんしん》で市へ足を踏みだした。

ちょうどそのとき。

「っ」

どっと前から人の流れが押し寄せてきた。横にどこうとする前に人の肩が当たり、セレストはよろける。

けれどセレストが踏みとどまる前に、温かなものが背を支えた。かと思うとザカライアがセレストの顔を覗《のぞ》きこんでくる。

「大丈夫か?」

「は、はい。ありがとうございます……」

ザカライアに抱き留められたのだと気づき、セレストは慌てて離れようとした。しかしこの混雑である。背中が誰かに当たってしまい、結局ザカライアに支えられてしまう。

セレストはもう恥ずかしくて逃げたくなった。

「……離れないよう、手を繋《つな》いだほうがいいと思う」

「そ、そうですね……」

はぐれないためだもの、仕方ないわ。

セレストは自分に言い聞かせてザカライアの手をとった。先導してくれる彼が前を向いているのを心底ありがたく思う。

周りが賑やかで物にあふれているおかげで、少しばかりの緊張に意識を向けずにいられることも。

領主が銀髪の少女の手を引いて市を歩いているのだから、普通なら注目の的でしかない。だからあまり騒がれないよう、ザカライアもセレストも外套《がいとう》の頭巾《ずきん》を被《かぶ》っている。そのおかげか今のところ、周りの人々が二人に注目している様子はない。

セレストとザカライアは人ごみにまぎれ、市を見て回った。手作りの置物の愛らしさに目を細め、変わった体勢をした人物の彫像に思わず笑い、職人技の実演に驚いたり。

手を繋いでいる緊張も次第に薄れ、あっというまに時間が過ぎていく。少し離れたところから護衛がついてきていることも、セレストは忘れそうになっていた。

最後にラズセイルで身の回りの世話をしてくれている侍女たちへの土産《みやげ》を買い、ヴォイルフ城へ届けてもらうようにしたあと。セレストとザカライアは市場の外へ向かった。

「あの店主、顎《あご》が外れそうなくらい驚いていたな」

「他の方たちも驚いていましたね」

愉快そうに露店を振り返るザカライアに続いて、セレストもくすくす笑った。

二人が面白《おもしろ》がっているのは先ほどの露店での一件である。セレストが財布を出して自分で精算しているものだから、露店の店主や他の客たちがぎょっとしていたのだ。

無理もない。富裕層の令嬢は町で欲しいものを見かければ同行する使用人に代金を支払わせるか、屋敷まで商品を持ってこさせてから家が支払うものなのだ。どう見てもお忍びといったふうの令嬢自身が財布から金を出すなんて、ありえない。

「それも大公家の修行の成果なのか？」

「まあ、そんなところですね」

セレストは苦笑した。

「男女を問わず、自分の才能を生かした仕事をするのが当たり前の一族ですから。私も一年前に実家へ戻って気象観測の仕事を手伝うようになってからは、働いたぶんの報酬をもらっていて……貨幣の種類や支払い方も一族の者に教わりました」

「なるほど。それで仕事帰りに買い食いをしたりするわけだ」

「はい。仕事のあとの甘いものは至福です」

セレストはにっこりと笑顔で言う。ザカライアも喉を鳴らして笑った。

「ネイティリア一の大貴族の令嬢がアクアネル領の市場で財布から金を出していたと王都在住の貴族が聞けば、絶句するだろうな」

「でしょうね。死んだ祖母も眉《まゆ》を吊《つ》り上げると思います。ケルトレク大公の娘が何をしているのです、と」

よその領主の前で馬にまたがっていたことからして説教ものだ。それどころか競走したなんて祖母が知ろうものなら、セレストは当分のあいだ王都の別邸から出られる気がしない。

祖母の厳しさを思いだし、セレストが遠い目をしているときだった。

「……？　騒がしいですね」

言い争う声が聞こえ、セレストは目をまたたかせた。どこからだろうと首をめぐらせる。

騒音の元凶はすぐに見つかった。隣りあう露店の店主が揉《も》めていたのだ。

こういうときは市場を取り締まる兵が止めるものだけど……。

しかし見たところ、兵士が駆けつけてくる様子はない。行き交う人も迷惑そうな顔をするばかりだ。

「まったく……」

ザカライアは舌打ちした。セレストに断りを入れると外套の頭巾を脱ぎ、揉めている店主たちのほうへ歩きだす。

瞬間、ザカライアがまとう空気が変わった。

「お前たち、何をしている」

セレストがいつも聞いているものとは違う、威厳のある声でザカライアは制止した。セレストの脳裏に、ヴォイルフ城の食堂で初めて顔を合わせた夜がよぎる。

店主たちは目を吊り上げたままびくりとするや声のほうを向き、領主の姿を見てぎょっとした。真っ赤な顔がたちまち青くなっていく。

「あ、いえ領主様これは……」

「お前たち、前にもここで揉めていたな？　どちらの顔も見覚えがあるぞ」

「ひえっ」

店主たちは震えあがった。手伝いだろう若者たちも頭を抱えている。

「軽度だろうと風紀を繰り返し乱す者は市場から排除される――ここで商売をしているからには、その法を知っているはずだ」

両腕を組んで不機嫌そうにザカライアは言う。彼にしては尊大な振る舞いだ。

演技……？

ザカライアは大柄だから、少し凄《すご》むだけでも圧力が出る。素早く揉めごとを収めるには有効だろう。

効果は絶大で、店主たちは慌てふためいて言い訳になっていない言い訳をしている。あまりに情けないからか失笑が周囲から聞こえた。

　そうこうしているうちに兵が駆けつけてきた。ザカライアを見てやはり驚き、敬礼する。

「そいつらを連行しろ。市場の風紀を乱した」

「はっ」

　ザカライアが命じると、兵士たちはあっというまに店主たちを捕らえて連れだした。店主たちが喚《わめ》いていたが無視だ。露店に残された若者たちは途方に暮れた顔になる。

　辺りはどっと沸いた。

「さっすが領主様！」

「いつもながら見事なもんで」

「偉そうにしてるのがさまになってましたよー」

　賛辞があちこちから聞こえてくる。けれど領主に対するというには少々気安い調子と表情だ。どうやらザカライアがこういう演技で揉めごとを収めることは、そう珍しくないらしい。

　あのな、とザカライアも苦笑顔で領民たちを見回した。

「お前たちも騒ぎは起こしてくれるなよ？　知っているかもしれんが、セディ川の問題を解決してくれる大事な客人が城に滞在しているんだ。アクアネル領の民は荒くれればかりと思われてはかなわん」

「ああ、そういや気象観測所の眼鏡《めがね》所長の親戚だかが来てるとか」

「っ」

め、眼鏡所長……！　確かにそうだけど……！

ぴったりすぎる言い回しがおかしくて、セレストは思わず噴き出しそうになった。どうやらダーレンも城下に馴染《なじ》んでいるようだ。

まだ話したがる領民たちと別れ、セレストのところに戻ってきたザカライアは眉を下げた。

「見苦しいところを見せてしまったな」

「いえ、見事な裁きでした。ダーレンさんも城下で親しまれているのがわかりましたし」

セレストはくすくす笑った。

「ああいうことは、こちらでは珍しくないのですか？」

「しょっちゅうというほどではないがな。市をやれば一回につき一度は必ず、商人同士か商人と客の揉めごとがどこかで起きる。乱闘沙汰《ざた》も珍しくない。だからあそこで酒の販売は昔からご法度《はっと》なんだ」

「……」

それはまた物騒な日常である。セレストはさすがに引いた。フェデリアの『アクアネルの酒好きは駄目人間』説に説得力が増してしまう。

「お、あれがあるな」

いつも穏やかなラズセイルの市場との違いにセレストが何とも言えないでいると、ザカライアは飲み物を売っている屋台に目を留めた。セレストを待たせると屋台へ向かっていく。

領主がごく自然に使い走りをするのも他では見ない光景だろう。先ほどや牧場での領民たちの気安い態度を見ても、日頃から領民とよく交流しているのが見てとれる。

なんだかお父様みたい……お父様も領民と仲がよくて、農作業を手伝うこともあるのよね。

そんなことをセレストが思っているうちに、ザカライアは屋台から戻ってきた。橙《だいだい》色の飲み物が入った樽《たる》のような形の容器を渡され、セレストは礼を言って一口飲んでみる。果実の爽やかな甘酸《あまず》っぱさが口の中に広がり、セレストは頬《ほお》をほころばせた。

アクアネル領と隣領、あるいはランストネの山でしか採集できない珍しい種類の果物の果汁を薄めているのだという。最近特産物として売りだすようになったばかりなのだとも。

そういうことをセレストに説明しながら、ザカライアも容器に口をつける。音に合わせて喉と唇が動く。

その動きに見入ってしまい、すぐ我に返ったセレストは慌てて自分の飲み物をまた飲んだ。落ち着かなくて、鼓動が少し速くなっている。

そんなセレストの動きをどう感じたのか。ザカライアは表情を緩めた。

「疲れたか？」

「はい。でも楽しかったです。こちらへ来てからずっと仕事で、町の中をゆっくり散策したりしていませんでしたから」

セレストは小さく笑った。

「父にもこちらへ来る前に嘆かれていたのです。お前はケルトレク領で仕事ばかりしていて、牧場どころか競馬場にもついていきてくれない、と」

「競馬場に？　失礼だが……競馬場に貴族の令嬢はあまりいないような……」

「ええ。そもそも私、競馬には興味がありませんし」

眉をひそめるザカライアにセレストは肩をすくめてみせた。

エセルにもたまにからかわれたりするが、セレストは馬好きであっても競馬好きではない。あくまでも馬という生き物と、馬に乗って外を走ることが好きなのだ。競走馬の生産と競馬観戦に熱を入れるラルフとは、微妙に趣味が合わない点である。

「だから仕事ついでにこちらでゆっくりさせてもらって、領内を案内してもらってきなさいと言われていたのですけど……水を見たり空を見たりすると異能で調べたくなるのは職業病ですね」

「それはわかるな」

セレストがため息をつくと、仕事をしたばかりの領主は大真面目《まじめ》な顔で同意した。

「俺にとってはこのアクアネル、貴女《あなた》にとってはこの国のあらゆる場所が仕事場のようなものだからな。同時に息抜きの場でもあるから、区別がつかない」

「そうなのです。異能は仕事のときにしか使わないわけではないですし。日常でもちょっとした洗濯物を乾かしたり、天気を読んだりしたいときはありますから」

「仕事はいつでも舞いこんでくるしな。その結果、ダーレンから仕事馬鹿《ばか》と呼ばれることになる」

「でもそのダーレンさんこそ、仕事漬けなのですよね」

セレストとザカライアはため息をつく。どういうわけか息を吐きだすところから長さまでぴったりだ。

「……」

顔を見合わせ、二人は思わず笑った。

そんなふうに談笑しながら、珍しい飲み物で喉を潤したあと。再び城下を散策していた二人はやがて市場の隣の広場に着いた。

広場の一角では大道芸人が芸をしていた。技が成功したのか歓声がわっとあがって、興奮した空気がセレストたちのほうにも漂ってきている。

「面白そうだな。少し見ていくか？」

「はい」

セレストは頷《うなず》いた。

だが二人が観客のほうへ歩きだしたところで、若い男がザカライアに近づいてきた。何事かをザカライアに耳打ちする。

部下からの報告を聞き終えたザカライアは渋い顔をすると、申し訳なさそうな顔でセレストを見た。

「セレスト嬢、すまない。また少し外さなければならなくなった」

「構いません。お仕事ですもの」

セレストは微笑《ほほえ》んでみせた。ちょうど先ほども言っていたことだ。

「すぐ戻る。――――彼女を頼む」

セレストに小さな笑みを返したザカライアは部下に命じると、足早に人波の中へ消えていった。

話し相手がいなくなり、心の中でため息をついてセレストは護衛と共にまた歩きだした。観客にまぎれる。

梯子《はしご》の上で逆立ちしたり、何も入っていないはずの帽子から鶏《にわとり》の卵を出してきたり、猿と微笑ましい寸劇をしたり。芸が一つ始まるたびに場が湧く。熱気に煽《あお》られるようにセレストの心も弾む。

最後に酒を飲んだ大男が炎を噴いて観客を興奮させ、芸人一座の興行は終わった。拍手喝采の中、差しだされた籠《かご》に次々と小銭が入れられていく。

セレストは護衛に勧められ、広場の長椅子《ながいす》に腰を下ろした。

穏やかな天気の広場だ。雲がいくつか空に浮かんでいるだけの今日は日差しがいつになく暖かく、風も吹いていないので過ごしやすい。

そんな中で町のざわめきを聞いていると、余計に自分の周りだけ時間の流れが違うようにセレストは感じられた。

けれど少しだけ景色が味気なく、さみしいもののようにも思える。それはきっと、大道芸を見た興奮が冷めてきたからだけではない。

……ザカライア様も一緒にあの大道芸を見られたらよかったのだけど。

だってザカライアとなら声をあげて笑い驚き、素直な感想を言いあえるに違いないのだ。

王都で一族以外の王侯貴族と会うとき、セレストはいつも完璧な淑女を演じていた。未来の家族となるはずの第二王子や国王夫妻にさえだ。祖母に叩《たた》きこまれた社交の感覚は、彼らの前でありのままの自分を見せるのはよくないとセレストを抑えていた。

でもザカライアは出会った夜からセレストの淑女らしくない部分を当たり前のものとして、むしろその部分が快適であるようにと配慮してくれていた。おかげでセレストはヴォイルフ城の馬屋に自由に出入りし、馬にまたがって走らせることができている。

それだけでなく物の見方もセレストとどこか似ていて、話をしていても窮屈に感じない。思うままのことを話そうと思える。市場で精算するときもザカライアの視線は意識になかった。

そのくらい私は、ザカライア様は何をしても受け入れてくださると当たり前に思っているのよね……。

この短い滞在期間でいつのまにか彼を信頼している自分を改めて自覚し、セレストの頬は自然と緩んだ。第二王子との違いに、なんだかくすぐったい気持ちになる。

きっとこんなにもありのままの自分を見せていられる一族以外の異性は、ザカライアが初めてだ。

だからこそ、ザカライアと共に大道芸を楽しめなかったのは残念だった。仕事が終わればアクアネル領を去らなければならない身であるのも、当然のことなのにさみしく思える。

かといってザカライアが茶会などを主催し、セレストを招いてくれるとは思えない。そうした社交の場が苦手な人だ。

せめて文通ができればいいのだけど、ザカライア様のご迷惑になるかもしれないし……あとは馬絡《がら》みでケルトレク領に招待するとかかしら……。

アクアネル領は馬と酒の名産地で、ザカライア自身も馬と酒を好む人だ。領民と気さくに話すのに社交の場で女性をうまくあしらえない人柄も、ラルフはきっと気に入るだろう。

しかし、ザカライアに会いたいからとケルトレク領へ招待するのもなんだか恥ずかしい。エセルや家族の反応もどういうわけか気になる。

そんなことを考えながらぼんやりと雑踏を眺めて、どのくらい経《た》ったのか。ザカライアの戻りが気になってきた頃、人波の中に彼の姿を見かけた。

やっと退屈な時間が終わる。セレストは表情を明るくした。

――――けれど。

「……？」

広場を急ぎ足で歩くザカライアの足が不意に止まった。彼を引き留める者がいたのだ。横を通りすぎるときに顔が見えたのだろうか。

緩く波打つ栗色の髪を背に流した、人形のように愛らしい少女だ。上等な身なりをしていて侍女らしき女性を連れていることからすると、アクアネル領内の富裕層の令嬢なのだろう。

令嬢は侍女にたしなめられているのを無視して、ザカライアに一生懸命話しかけている。それに赤く染まった頬。彼にどういう感情を抱いているのか明らかだった。

彼女はザカライア様を慕っているのだわ……。

理解した途端、セレストは思考が停止した。

そのあいだにも令嬢はザカライアに話しかけている。彼は困った顔をしているが、突き放すことはできない様子だ。

それを見てセレストは我に返った。ふらりと立ち上がる。

ザカライア様を助けて差しあげないと――。

そうセレストが奇妙な焦燥に駆られたそのとき。上品な身なりの女性が令嬢のほうへ早足でやってきた。ザカライアに頭を下げると令嬢にきつい表情で何か言い、無理やり連れていこうとする。母親には見えないので、姉だろうか。

令嬢は抵抗していたが、女性は構わず引っ張っていく。すぐ使用人と共に人波の中に消えていった。

ザカライアは令嬢を見送らず、セレストのほうへ急いでやってくる。

それを見てセレストの気分は少し明るくなった。

――焦燥感や不安に似た、重みのある何かを胸に抱えたまま。

散策の主目的である大通りの酒屋へ向かっている途中。通りの軒先を何気なく見ていたセレストは二階建てのある店の、見覚えのある図柄があしらわれた看板に目が釘付《くぎづ》けになった。

ザカライアはセレストの動きを見逃さなかった。

「どうしたセレスト嬢。興味のある店でも見つけたのか？」

「ええ、知っている仕立屋の本店がそこにあるので……」

苦笑してセレストは足を止めると、着飾った羊の看板を見上げた。

この『ラムズロード』はリボンやフリルを極力使わず刺繍《ししゅう》やレース、色遣いに工夫を凝らした意匠が特徴の女性専門の仕立屋だ。簡素なようでいて華やかかつ動きやすいと、王都で支店が開いた数年前から富裕層の若い女性のあいだで人気を集めている。

セレストも第二王子と婚約していた頃、王都にある支店で普段着を仕立ててもらって以来お気に入りだ。婚約解消後も仕立ててもらった。

ここで新しい乗馬服を仕立ててもらうのも、セレストは仕事のあとの楽しみにしていた。さすがに代金は実家に支払ってもらうことになるが、仕事をやり遂げた自分への褒美《ほうび》として新調したい。父もこのくらいは許してくれるだろう。

もういくつか要望は決めてあるのだが、きっと中にも見惚《みと》れる意匠の品々が展示されているに違いない。次にここを訪れるときを夢見ながら、セレストはまた歩きだそうとした。

しかし。

「……セレスト嬢はもしかして、ここへ入りたいのか？」

「……実は」

そんなにわかりやすかったかしら……。

気づかれたのがどうにも恥ずかしい。けれどこういう展開はもう何度目かなので、セレストは開き直ることにした。

「ザカライア様。せっかく案内していただいているのに申し訳ありませんが、この店に寄ってもよろしいでしょうか」

「ああ。では酒を選び終わったらこの店の前で待っている」

眉を下げるセレストに、ザカライアはそうからりと笑ってみせた。

そうしてザカライアを見送ったあと。セレストは護衛に通りを挟んで向かいの喫茶店で待ってもらうことにして、『ラムズロード』の店の扉を開けた。

天井が吹き抜けになった店内の一階では、様々な意匠の服や小物、布地などがしゃれた配置で展示されていた。客は品々を熱心に見つめたり、従業員の応対を受けている。片隅に置かれたソファには、紅茶を飲みながらくつろぐ紳士や退屈そうにしている子供の姿もあった。

ともかく、広い店内のどこもかしこもが華やかで賑わっている。並べられた見本の乗馬服や普段着の数々を眺め、外套の頭巾を外してセレストはたちまち目を輝かせた。頭の中で試着してうっとりする。

やっぱりここの意匠は好みにぴったりだわ……今回は既製品にしようかしら。でも、完璧に好みの一着を仕立ててもらうのも楽しいのよね……。

商品を眺めながらセレストが悩ましく眉を寄せていたそのとき。いくつもの布地を抱えた従業員を従えて階段を上りかけていた、丸眼鏡をかけた中年女性が不意にセレストのほうを向いた。女性は目をまたたかせると、早足でセレストのほうへ近づいてくる。

「これはこれはケルトレク大公のご息女様。よくお越しで」

そう女性がセレストの素性を口にした途端。店内が一気にざわついた。既製品を熱心に見ていた客の中にも振り返る者がいる。

セレストは苦笑した。

「ええ、そうだけど。よくわかったわね」

「そりゃ当然ですよ。リグドムの森近くの村に大公家から銀髪の大層お美しい公女様がおいでになって、お気に入りだった祠《ほこら》とクラディスの彫像を壊されて怒っている水の精霊を鎮《しず》めるための祭礼を領主様と一緒になさるらしい――――と、少し前から城下で噂《うわさ》になっているんですよ？」

と、女性はにやりと笑った。スカートの裾を摘《つ》まみ、優雅に会釈する。

「『ラムズロード』本店へご来店いただいて光栄ですわ、公女様。私がこの『ラムズロード』の店主でございます。店内の既製品でも新調でも、お望みの一着を提供するとお約束しますわ」

そんなどこかおどけた調子の挨拶《あいさつ》のあと、女店主は店内に並ぶ既製品から一着を選んだセレストを二階の一室に案内した。セレストが袖を通した服の微調整を終えると、ほうと感嘆の息を吐く。

「――――支店を任せている者から聞いていましたけれど、公女様を前にすると本当に創作意欲が湧いてきますわね」

「あら、王都へもよく行くの？」

「ええ。うちの名前に泥を塗るようなことをしていないかちゃんと見ていないといけませんし、素材の買いつけもしますから。王都の流行や同業者の人気の意匠を知るのも、いい勉強になりますしね」

にっこりと女店主は笑う。というわけで、とよくわからない言葉の続け方をする。

「公女様、この際ですから普段着を一着お仕立てなさいませんか？　ちょうど今、よい意匠を思いついたのです。最近売りだされたばかりの布地があるのですけれど、きっと公女様にお似合いになりますよ」

「……」

これ、上手《うま》いこと言ってもう一着私に買わせるつもりよね……創作意欲はもちろんあるでしょうけど。人がよさそうな職人に見えても、やっぱり商売人だわ。

しかしお気に入りの仕立屋が、セレストのために独特の意匠の一着を仕立ててくれるというのだ。それにこういうさっぱりした商魂は、セレストも嫌いではない。

「じゃあもう一着、お願いしようかしら」

「かしこまりました」

セレストが微笑むと、女店主は深く一礼する。会心の笑みがひらめいていた。

それからセレストの要望をもとに、テーブルに布地などが次々と運ばれていった。

「公女様、こちらの腕輪はいつもつけておいでなので？」

「ええ。これをつけても違和感がないようにしてくれると嬉《うれ》しいわ」

「ではこのお色はどうでしょう。公女様の御髪《おぐし》によく合いますわ」

「それなら刺繍はこの花を題材に――――」

セレストの注文や感想に合わせて、針子たちも素材や刺繍の意匠案の本を手に次々と提案していく。服を一から仕立てるだけあって、決めないといけないものは多いのだ。

さらに女店主も紙に服のおおまかな意匠案を描いてくれるので、そこでもまた意見が生まれる。なかなか決められない。

……でも、楽しいわ。服を仕立てるのは実家に戻った直後以来だし。

セレストはにこにこしっぱなしだった。上機嫌といえるくらいだ。

そうして仕立てる普段着の意匠も決めたあと。セレストが着てきた服に着替えていると、女店主がとても生き生きした表情でそうそう公女様と口を開いた。

セレストはなんだか嫌な予感がした。

「先ほど聞いたばかりなんですけどね。先日、公女様が領主様と二人で丘のほうへ馬を走らせていらしたとか」

やっぱり！

意匠選びとはまた違った華やかな空気が一気に部屋の中に広がった。針子たちは驚き目を輝かせる。

仕方ない。婚約もしていない若い男女が二人で出かけているのだ。あれこれ想像する者が出てくるのはむしろ自然だろう。

セレストは苦笑した。

「牧場を視察した帰りに、海が見える場所があると連れていってくださっただけよ。私が乗馬を好むとダーレンさん……気象観測所の所長から聞いていらっしゃるから、眺めのよい場所を走るのがいいだろうと考えてくださって」

「ああ。あの丘へ行ったのですか。ですが、他でも一緒におられるのを見た話は聞きましたよ？　それにさっき耳に挟んだところによると、今日も二人で市場を歩いていらしたとか」

……噂が広まるの、早すぎじゃないかしら。それに顔を隠した意味が……。

銀髪の公女の滞在が城下で広く知られているようだが、この情報の行き渡りようはどういうことだろう。二人が市場に入った直後から広まりだしたとしても、数時間しか経っていないのに。商人の情報網はあなどれない。

「今日城下の散策をご一緒させていただいたのは、ヴォイルフ城で身の回りの世話をしてくれている侍女に勧められたからよ。私も辺境伯様も働きすぎだから少しくらい休みましょう、と言われて」

「働きすぎって……」

女店主は眉根を寄せ、なんですかそれはといった表情になった。公女と働きすぎなんて普通は結びつかない組み合わせなのだから、当然だろう。

「……もしかして公女様。森の奥へ行けるようにしてくださった以外にも、色々と何かしてらっしゃったんですか？」

「ええ、まあ。異能を使って土砂の撤去を手伝ったりとか、祭礼の準備の指示とか……それ以外にも色々とやっているわ。だから辺境伯様とは食事のときと、たまに仕事でご一緒するくらいよ」

あんまりセレストがすらすら答えるからか、目を丸くしていた女店主はやがて長い息を吐きだした。

「それはまた……本当に領主様とは何もなさそうですね」

「そんなあ。絶対お似合いですのに」

女店主に続いて、針子の一人も残念そうに言う。他の針子も作業の手は止めないものの、横顔が私もそう思うと言っている。

……牧場で馬に乗せていただいたうえ、この店に入る直前まで一緒だったなんて言えないわね。

そんなことを知ったら最後、女店主たちは再び盛り上がるだろう。せめてセレストが店を出るまでは、彼女たちの耳に入らないことを祈るばかりだ。

女店主は長い息を吐いた。

「私はてっきり細々した仕事は他の誰かに任せて、公女様はうちの領主様とお見合いをなさっていると思っていたんですけどねえ」

「まさか。どうしてそう思ったの？」

アクアネル領へ来る前に聞いたような話題になり、セレストは思わずくすりと笑った。どこでも似た発想になるものだ。

しかし。

「だって王都の競馬場で領主様がケルトレク大公と歓談なさっているのを、以前見たことがありますからね」

「…………え？」

女店主の発言に、セレストは身体どころか表情までぴしりと固まった。

三年前。王都の支店を視察した女店主は、ついでに郊外の競馬場にも足を向けた。あまり多くはないが乗馬に興味があって競馬場に足を運ぶ令嬢はいるので、そういう若い女性が日頃どんな服を着ているか見ておこうと思ったのだ。

そうして馬や騎手ではなく女性客の服装を観察していた女店主は、故郷の領主が上品な着こなしの紳士と談笑しているのを見つけた。近くにいた貴族たちに尋ねると、その紳士は競馬と酒を好むと有名なケルトレク大公だという。

領主が去年の秋に高慢な貴族令嬢との婚約を解消したことは、女店主も当然知っている。だから公女の滞在の噂を聞いたとき、領主はお見合いをしてから婚約することにしたのだろうと考えたのだ。

「……大公と領主様のこと、ご存じなかったようですね」

「……ええ、初耳だわ」

同情に近い眼差《まなざ》しの女店主に、セレストはそう答えるのがせいいっぱいだった。

『……やっぱりこれ、無理やりお見合いじゃないの？』

エセルの呆《あき》れ声がセレストの頭の中に響いた。

お父様――――っ！

セレストは心の中で叫んだ。

エセルは正しかった。

これは仕事を名目にした、セレストの見合いなのだ。


競馬と酒に目がなく、あちこちと取引するだけでなく自ら足を運ぶラルフは交友関係が広い。父の競馬に絡んだ人脈がどれほど広いのか、競馬場へ何度も連れられたセレストはよく知っている。

だから馬と酒の名産地を治めるアクアネル辺境伯とどこかの社交の場で出会い意気投合したとしても、何の不思議もないのだ。自分の知りあいだとラルフがまったく言わなかったから、セレストはその可能性に気づかなかっただけで。

ラルフが趣味仲間の要請に応じてセレストを派遣しただけならいい。だがザカライアが酒好きであることを考慮すると、単なる出張とは考えにくくなる。

だってセレストは知っているのだ。

自分の父親には『馬や酒について息子と酒を飲みながら語りあいたい』という、呆れるくらいささやかで平凡な願いがあることを。

そして今のところどちらにも興味がない跡取り息子相手に、その願いが実現できる見込みはない。

一族を見ても、馬と酒に情熱的と評判の青年はいない。

願いが叶《かな》いそうにない中、酒好きなザカライアの婚約解消を知ったラルフが何を考えるのか。

まあ、わかりきっている。

実の息子と親族が駄目なら娘婿《むすめむこ》。

「だって、たまにおかしな方向へ考えだすのがお父様なのよね」

ヴォイルフ城の夜の庭園に一人立ち、セレストはぼそりとこぼした。

『ラムズロード』の店でラルフの思惑を感じとったあと。ザカライアと合流したセレストは彼に事実を尋ねられないまま城下の散策を終え、夜を迎えた。

フェデリアたちが下がり、寝台に寝転がっていたものの、日中の様々なことや考えが頭から離れず意識は冴《さ》えたまま。かといって寝つくのを待つのも退屈で、セレストはこうして庭園に足を向けたのだった。

　白い月と星々に照らされた冬の庭園は誰もおらず静かで、夜行性の鳥の鳴き声もない。風もなく、冷えた夜の空気がセレストの肌にしみいる。

　大判のショールにくるまって月を見上げ、セレストは長い息を吐きだした。

　いつ頃からラルフがザカライアと交流しているのかわからない。しかし遅くても三年前には交流があったのだ。ザカライア自身、あるいは他の親しい貴族からザカライアの婚約解消のことを聞いて娘の見合いを思いついた――というのは充分ありえる。

　セレストに侍女も護衛の騎士も同行させずアクアネル領へ向かわせたのも、ザカライアのことを信頼していたからと考えれば納得だ。

　それにお父様はラズセイルでこの仕事の話をしたとき、アクアネル領でゆっくりしてくるよう私にやたらと勧めていたのよね。ザカライア様に領内を案内してもらえと言っていたのも不自然で、だから私は競馬場か蒸留所の見学でもさせるつもりなのかと思ったのだったわ……。

〝アクアネルの黒き狼〟と聞いても年頃の娘らしくない反応を見せる娘に、ラルフは何か言いたそうな顔をしていた。それも今から思い返すと、仕事と趣味一辺倒の滞在にならないか不安になったからのように思えてならない。

　けれどセレストが出張を競馬場と蒸留所に結びつけて考えたのは、ラルフが今まで何度も自分の趣味に娘を巻きこもうとしていたからだ。セレストとしては仕方ないじゃないと言いたくなる。

ともかく。仮にこの仕事が見合いを兼ねていたとして、問題はこれからどうするべきかだ。

セレストとザカライアの結婚は正直なところ、大公家にとってあまり価値があるものではない。大公家はすでにネイティリア随一の大貴族であるし、預言の異能を持つセレストを分家に嫁がせるなりで手放さないほうが得られる利益は大きい。

だがネイティリアにとっては違う。大公家はネイティリア王家を裏切らないと国内外、とりわけランストネに示すことになるからだ。相手が変わるだけで、セレストと第二王子の結婚と政治的には同じ意味になる。

今はネイティリアと呼ばれているこの大地を守ることは、かつての統治者ヴィド王家の末裔《まつえい》である大公家の使命でもある。だからセレストはザカライアと結婚するべきなのだ。

これは見合いだと聞いていれば最初からセレストはそう理解し、ザカライアに接していただろう。祖母から叩きこまれ王都で磨いた政治的な感覚は、自分の結婚の意味を無視できない。

だがラルフが政治的な理由のためにこの見合いを計画したのではないことくらい、セレストもわかっているのだ。ザカライアなら自分のささやかな願望を叶えてくれそう、とは考えているかもしれないが。

ラルフが見合いだとセレストに告げなかったのも、仕事の体裁であれば政治の打算抜きでザカライアと交流するだろうと考えたからに違いない。娘が王都でどんな考え方を身につけたのか、知っているのだから。

次の段階に話を進めるかどうかは帰ってきたセレストの話を聞いてから考えるつもりだったなら、辻褄《つじつま》は合う。

自分の願望は叶えたいし、娘に誰かとしあわせになってほしい。でも義務のような気持ちで結婚してほしくはない――。

わがままな親心だ。セレストは仕事と乗馬と友人との語らいで充分人生に満足しているのだから、放っておけばいいのに。

……でも、お父様らしいわ。

小さく笑って、セレストはすぐ表情を曇らせた。

第二王子との婚約を打診されたときは、政治的な価値しか考えなかった。いずれ結婚しなければならないのなら、家や国のためになる縁のほうがいい。祖母も勧めている。だから承諾した。

けれど今回は違う。誰かに持ちかけられた縁であることには変わりないが、セレストに政治的な決断を望む者は誰もいない。

ザカライアのことをどう思うか――彼と結婚したいと思うかどうかだけを、セレストに問いかけているのだ。

よい方だとは思うけれど……。

もし、ザカライアと結婚すれば――――。

そうすればきっとあの大きな手に引かれて歩き、穏やかな眼差しに見つめられ、寄り添いあうのが当たり前になる。

二人で馬を走らせ、領内のあちこちを視察して。この城でそれぞれの仕事をしたり好きなように過ごし、食事のときに一日のことを語りあうのだ。

それはなんて――――。

……っ！

己の中に何か聞こえそうになって、我に返ってセレストはたちまち顔が真っ赤になった。

どうして想像してしまったのかしら。まだお見合いかどうかもはっきりしていないのに、ザカライア様とけ、結婚したらなんて……！

セレストは火照《ほて》った顔を両手で覆った。穴があったら入りたいとこんなにも思ったことはない。

と、ともかく！　これからどうするかは、ダーレンさんに話を聞いてからだわ。お父様がザカライア様に話を通しているかどうかまではわからないけど、ダーレンさんは巻きこんでいるに違いないもの。

娘がアクアネル領で仕事と馬にしか目を向けない日々を過ごすと、ラルフには充分想像できたはずなのだ。ダーレンがやたらとセレストとザカライアを一緒にいさせたがったのも、当主からの指令で二人に見合いらしいことをさせようとしてだと考えれば納得できる。

行動するのは明日からだ。これ以上考えても仕方ない。というよりこれ以上考えたくない。

ぐったりしながら自分にそう言い聞かせ、セレストが部屋へ戻ろうとしたときだった。

かすかに足音がした。振り返り、セレストはあやうく声が出そうになる。

「セレスト嬢」

ザカライアがいたのだ。

ど、どうしてこんなときに……っ！

空想を振り払った矢先のザカライアの登場にセレストは混乱した。それでも少し驚いたふりをして、淑女を取り繕う。

「ザカライア様？　どうしてこちらに」

「書庫でつい読みふけってしまって、部屋へ戻ろうとしたときに貴女を見かけたんだ。貴女こそどうしてここに。眠れなかったのか？」

「はい。少し散歩すれば眠くなるかと思いまして」

セレストは笑みを作ってみせた。嘘《うそ》ではない。

そうかとザカライアは納得した顔で言うと、異能を解放した。途端、セレストの周囲からひやりとした夜の空気が薄れて身体がじわりと温かくなる。

ザカライアとセレストの周囲だけ、夜の空気を遮ったのだ。暖かいのは自分の体温によるものだろう。

理解し、セレストは自然と微笑んだ。

「ありがとうございます。風の異能はこんなこともできるのですね」

「ああ、上着を忘れて外へ出たときに助かる。他には野営のとき洗濯物を早く乾かせるとか、生活のうえで少し便利なことくらいだな。この異能でできるのは」

ザカライアは苦笑する。その顔はすぐ夜空を見上げ、忙《せわ》しなく辺りを見回す。

セレストは眉をひそめた。

「どうなさいました？」

「いや……」

ザカライアは眉根を寄せ、後頭部を掻《か》いた。

「風が少しおかしい気がしたんだ。風を読んだ限りだが……嵐が近づいているのかもしれない」

「嵐ですか？」

それは聞き過ごせない。セレストも異能を解放し、夜空を見上げた。冬の乾いた空気から水気を見つけて流れを追う。

一見すると普通の流れだ。けれどよく目を凝らして観察していると、水気に含まれているものや流れが今までと少し違うように見えた。

　これは夜だから？　でも、それにしては……。

　セレストは顔をしかめた。異能を使うのをやめる。

「……確かにこれは、天気が大きく変化する予兆かもしれません。でも断定はできません。アクアネル領での嵐が来る前の、大気の詳しい情報と比較してみないと」

「では明日、気象観測所で確かめてきてくれないか？　ダーレンたちも気づいているかもしれないが、嵐が近づいてきているなら対策をしなければならない」

「わかりました。もし気象観測所でも嵐の見立てがあったなら、水の精霊にも泉の復旧工事が一時中断することを伝えるようにします」

「精霊に？　ああ……連絡せず何日も中断すると、祠の再建をやめてしまったと誤解されかねないか」

　一瞬眉をひそめたザカライアはすぐ納得顔になった。

「しかし、嵐であの祠がまた壊れてしまったらまずいな。泉の周辺も崖崩れで荒れてしまうと、一からやり直しになるどころか水の精霊が怒りかねない。あちらも対策が必要か」

「いえ、その点は大丈夫だと思います。祠が壊れて困るのはあの水の精霊も同じですから。祠と泉は自分で守るのではないかと」

「……祠と泉だけか」

「精霊ですから仕方ありません」

なんとも言えない表情のザカライアに、セレストは苦笑しながら答えた。

そう、仕方ないのだ。嵐の中で人間は工事ができないし備える時間が必要なのだと人間から言わないと理解しないのも、自分が興味を持つものしか守ってくれないのも。相手は精霊なのだから、人間の都合に合わせてくれないものと考えるほうが正しい。

やれやれと言うようにザカライアは両腕を組んで息を吐いた。

「精霊については貴女の領分だな。すまないが、伝令を頼む」

「はい」

セレストは微笑んで仕事を請け負った。一方的に伝えるだけならザカライアでもいいのだが、預言の異能を持つ者として水の精霊への連絡はしたかった。

ふとセレストはあることに気づいて、口元をほころばせた。

「夜中にこんなことを話していたとダーレンさんに知られたら、また呆れられそうですね」

「間違いなく呆れるだろうな、あいつは」

ザカライアも笑う。二人して仕事の話をしているのだ。説教した意味ないじゃんと言うに違いない。

「使用人たちに見つかればダーレンに筒抜けになる。あいつは使用人たちと仲がいいからな。気づかれる前に部屋へ送ろう」

「はい」

セレストは同意し、ザカライアの後に従った。

廊下から射しこむ月の光を頼りに、二人は静かな廊下を歩いていく。使用人たちに見つかるとよくないから、どちらも口を閉ざしたまま。廊下に二つの足音がひそやかに響く。

だからか余計にセレストの意識は、少し前を歩くザカライアへ向いてしまうのだ。

今日手を繋いで城下を歩いたときのことがまた脳裏をよぎった。視線がザカライアの肩や腕、手をなぞっていく。さらにはあの空想までもがよみがえりそうになり、セレストは大慌てで振り払わなければならなかった。

そうして部屋へ戻ったあと。布団の上に倒れこんだセレストは長い息を吐きだした。行きも帰りも同じ廊下を歩いたはずなのに、帰りのほうが疲労感は上だ。

結局、異能のことをお聞きすることができなかったわ……。

ザカライアが見合い相手かもしれない今、彼が異能の実力を偽っていることの意味はセレストにとってこれまでと違うものになってくる。

ザカライアが自分の異能を弱いものだとセレストに思わせる、仕方ない理由はないはずだ。

領民、特に騎士たちはザカライアの異能の威力を見ているのだから。いつ気づかれるかわからない嘘をつく必要はない。

――――それに。

『この程度でも充分か？』

リグドムの森でそうセレストに尋ねたあとの、ザカライアのほっとした顔がセレストの脳裏をよぎった。

あれはそよ風より強い風を求められずに済んだ、と安堵《あんど》していたからに違いない。

豪風を操ることができるはずのザカライアがそんな反応をする理由は、一つしかない。

今のザカライアは豪風を使いたくない――いや、操ることができないのだ。

生まれながらに備わった異能が使えなくなったり制限されることは、普通ならありえない。

しかし少数ではあるがそうした事例は、祭司《さいし》の一族やヴィド王家が残した文献に記録されている。

たとえばヴィド王家の最後から三代前の王の弟は土の性質を読んだり操る異能を備えていたが、領地を視察した直後に起きた自然災害の惨状を見て無力感に苦しみ、土の性質を読む異能が使えなくなったという。

その事例を考えれば、ザカライアが豪風を操ることだけできなくなったというのは充分ありえる。

でも『貴方は豪風を操れなくなっているのですか』なんて、聞けないわ。そんなの失礼よ。

仕事を通して会ったばかりで、七歳も違うのだ。年下の小娘に自分の嘘や欠けた部分を指摘されるのは、ザカライアも不愉快だろう。

それに〝アクアネルの黒き狼〟とアクアネル騎士団は、ネイティリア最強の剣であり盾なのだ。今は異能の風が使えないと噂になってはならない。ランストネに知られてしまえばきっと、次の戦闘は小競《こぜ》り合《あ》いでは済まなくなる。

けれどザカライアの異能の異変を無視することはできない。見合い相手かもしれないのならなおのこと、セレストは彼がどんな人であるのか正しく見極めなければならない。

それが、預言の異能の番人である自分の責務なのだから。

翌日。セレストは城下にある気象観測所へ向かった。

気象観測所では様々な装置を使って気象を観測したり、用紙に計測結果を書きつけたり。庭に植えてある草木の肥料を運んだりと職員たちは忙しそうにしていた。どこかへ行っていたのか、疲れた顔で同僚に挨拶している者もいる。

ケルトレク領や王都の気象観測所でも見た光景だ。馴染《なじ》みのある職場風景に、セレストは歩きながら頬を緩ませた。

昨夜ザカライアと庭園で顔を合わせたことは伏せ、嵐の予兆を異能で読んだことを話すと所長室で仕事をしていたダーレンは露骨に嫌そうな顔をした。

「働きすぎだよって君にはこのあいだ、言ったはずなんだけどね」

「仕方ないでしょう？　見つけてしまったのだもの」

「それはそうだけどね。なんで僕らだけじゃなくて君まで夜に気象観測をしているのかな」

ぶつぶつ文句を言いながらダーレンは両腕を組んだ。

「確かに昨日からそれっぽい兆候が山のほうの計測所で記録されているから、気にはなっていたんだよ。今日も夕方にもう一度報告を届けてもらうつもりだけど……君も異能で読んだなら、まあ確実だろうね」

「じゃあ、ザカライア様に報告しないと駄目ね。午後は城で執務とおっしゃっていたから、城に戻ってから伝えるわ」

「……いや。その件は僕が伝えるよ。彼には他にも話しておくことがあるし。君はのんびりしてなよ。乗馬服の新調とか」

「それは昨日やったわ。お父様へのお土産のお酒選びも、ザカライア様がしてくださったし」

「じゃあまた城下を散策しなよ。このあいだとは違う牧場とか。海が見える丘があるからザカライアに連れていってもらうとかさ」

ダーレンは提案してくるが、どれも実行済みだ。どうやら仕事中毒の従兄《いとこ》は今のところ、城下の噂を仕入れていないらしい。

……というより、ほぼ確定よねこれは。

「セレスト？　どうしたんだい？」

冷めた目でセレストに見られていると気づいたのか、ダーレンは困ったように眉を下げた。

ダーレンさん、とセレストは呼んだ。

「この仕事、本当は私とザカライア様のお見合いを兼ねているのでしょう？」

セレストはそう、ここへ来たもう一つの目的を率直に切りだした。

ダーレンは目をまたたかせると、にこりと笑った。

「驚いた、よくわかったね。ザカライアがしゃべったのかい？」

「いいえ。ザカライア様とお父様が三年前に王都郊外の競馬場で歓談しているのを見た人がいたのよ。ダーレンさんもお父様のささやかな野望を知っているでしょう？　ザカライア様はぴったりの方だわ」

「あーなるほどー」

ダーレンは半笑いになった。彼もそれなりに酒が飲めるので、帰省するたびラルフの餌食《えじき》になっているのだ。

「いやまあ、僕も驚いたんだよ。ザカライアに君の派遣を大公に要請するよう助言したら、ついでに君と見合いしないかって返信が届いたそうでさ。慌てて僕に相談しにきたんだよ」

……え？

セレストの表情はびしりと固まった。

「しかもそのあと僕にも大公から、彼と君の見合いに介入するよう手紙がきたんだよね。どうやら彼の婚約解消のこと、支援要請が届いたときついでに知ったみたいでね。それで見合いを思いついたけどあの二人のことだから絶対仕事と馬の話ばかりになる、見合いらしいことをさせてくれって」

「……ザカライア様は、私とのお見合いに承諾なさったの？」

「あーうん。今すぐ返答はできないけど君と会うだけならって」

「……っ」

「何、どうしたのセレスト」

セレストがその場にくずおれそうな勢いで肩を落とすと、ダーレンはぎょっとした。

「……私は結婚する気がないと言ってしまったわ……」

「え」

セレストの告白に、ダーレンは目を点にした。

『そもそも私は結婚したいとは思っていませんから』

海が見える丘で、そうセレストははっきりザカライアに言ったのだ。自分が一族のもとにいる利点を力説しながら。

「お見合いのことに気づく前に、話の流れでそうなったのよ。異能やおばあ様のことで色々話しているうちに結婚の話になって、それで」

……そういえば、あのとき私の結婚について話題にしたのはザカライア様だったような……。

つまりザカライアはあのとき、セレストに探りを入れにきていたのだ。

自分は見合いを承諾したが、当のセレストは結婚するつもりがあるのだろうかと。

セレストはそんなザカライアの意図に気づかず、自分の本音を打ち明けた。

客観的に考えれば、この時点でほぼ見合い終了である。ザカライアの表情に変わった様子はなかったはずだが、心の中はどうだったのか。

ダーレンは半笑いになった。

「それは……まあ、仕方ないよ。知らなかったんだから」

「それはそうなのだけど……でもザカライア様からすれば、お父様から打診されて仕方なくお見合いしたのに当の私は結婚する気がないなんて理不尽でしょう？」

家格の違いで断りにくいだけでなく、アクアネル領の危機の原因究明と解決もかかっているのだ。リヴィングストン辺境伯家の利益になるのは間違いない縁でもある。ラルフがあくまでも提案のつもりだったとしても、ザカライアには見合いするしか選択の余地はなかったはずだ。

セレストの祖母譲りの価値観を、ザカライアは丘の上で理解しただろう。結婚願望はないけどきっかけがあればなんて、傲慢《ごうまん》なことを言ってしまった気もする。

どうして気づかなかったの私……っ。

あの丘へ行く前の時間に戻って、自分に父の思惑を教えてやりたい。馬鹿なことを言わないようにと厳重に注意したい。

　そんな後悔をしているセレストに、ダーレンはいやいやと手を振ってみせた。

「別にザカライアは大公に打診されて仕方なく、というわけでもないと思うよ？　彼、周りの貴族とかから次の縁談が舞いこんでいてうんざりしていたし。大公の娘で異能持ちの君との結婚を考えるのは、ランストネと日々にらみあっているアクアネル領の領主として正しい判断だよ。だろう？」

「……それはそうだけど」

「まあ、僕も君と見合いするよう説得したというのもあるけどね」

「ダーレンさんが？」

　セレストは眉をひそめた。この言いぶりからするとラルフに言われてというより、ダーレン自身の意思でザカライアにセレストと見合いをさせようとしたように聞こえる。

　でも、どうして？　私が結婚しないのは一族にとって悪いことではないと、ダーレンさんもわかっているはずなのに。

　セレストの疑問を表情から感じとったのか、ダーレンは苦笑した。

「君はアクアネル領のあちこちへ行って、領民と話をしているだろう？　なら、ザカライアが強大な風の使い手だって話は聞いていると思うけど」

「ええ、フェデリアから聞いたわ」

「でも彼、最近そんな風を使ってないんだよね。聞いた話によると、前の戦いのときも使わなかったみたい。さいわい、そういうのが必要になる状況にならなかったというのもあるらしいけど。異能の風で大活躍したのはそのさらに前……五年前の戦いまでなんだよね」

そう話すダーレンの表情と声音にはどこか含みがあった。でもねえと言いたいのを抑えているような、セレストがそれに気づくのを待っているような。

……もしかしてダーレンさんは、ザカライア様の秘密に気づいているの？

セレストは拍子抜けした。ザカライアが自分の異能について周囲には秘密にしているかもしれないので、ダーレンに話さないようにと身構えていたのに。

「……ザカライア様ご自身は、風から天気の変化を探ったり弱い風を操ったりすることができるだけ、とおっしゃっていたわ」

「ああ、彼は君にそう言っていたんだね」

まったくもう、とダーレンは両腕を組んで顔をしかめた。やはり彼は気づいているのだ。

「……ザカライア様は、風を操る異能をご自分で封じてしまわれているのね」

「ああ、君への説明ではっきりしたよ」

確信の響きでセレストがダーレンに答えを求めると、彼は頷いた。

セレストは眉をひそめた。

「でもどうして？　異能を封じてしまうのは、自分の異能を強く忌《い》むようになるからよ。でも多くの兵の命を救うことができる豪風だけを自ら封じてしまうほど嫌うなんて、おかしくはないかしら」

「うん、それなんだけどねえ……」

「？　何か心当たりがあるの？」

セレストが目をまたたかせると、ダーレンは困ったように眉を下げた。

「あるといえばあるんだけどね。そっちについて確信はないから、本人に聞いてよ。彼のことだから多分、君が聞いたら正直に答えるだろうし」

「……」

「ただ、ザカライアが自分の異能の一部を封じているかもしれないことは大公もご存じだよ。僕が伝えたから。そのうえで、大公は彼を君の見合い相手に決めたんだ」

「！　お父様は知っているの？」

セレストが目を見張ると、ダーレンは表情を崩した。

「だってほら、あの大公だよ？　異能のあるなしで君の見合い相手を選んだりしないに決まっているじゃないか。趣味仲間の付き合いで、ザカライアがどういう男なのかはそれなりにわかっているわけだし。彼なら君を裏切ったりしないと確信しているから、彼に打診したんだよ」

それに、とダーレンは言葉を続ける。

「さっき言ったでしょ、僕も君と見合いをするよう彼を説得したって」

そう横に手を伸ばしたダーレンの手のひらから、小さな火が生まれた。火はダーレンの周囲をふらふらと漂う。

ダーレンは火を生みだし操る異能を持っている。しかしこのように、生みだせるのは周囲を軽く照らす程度。あとは小火《ぼや》を消すことができるくらいだ。異能持ちとしてはごく平凡と言っていい。

ダーレンは小さな火を消した。

「何が理由でザカライアが力を封じたのか知っていたとしても、僕には彼の異能を嫌う気持ちをどうにもできないのはわかりきっている。この程度の異能しかない僕じゃ、強力な異能を持つからこその悩みに寄り添う言葉をいくら思いついても説得力がないからね。同じくらい強力な、あるいは特異な異能を持った誰かじゃないと無理だ」

「……」

「そんなときに、水の精霊の仕業《しわざ》としか思えないことが起きた。君をこっちに連れてくる最高の理由だ。しかも大公は見合いをさせたがっている。本音を話す機会を増やせば、お互いの異能について語ることもあるだろうし。乗るしかないじゃないか」

異能を持つ者としての自覚と責任感が強く、二種類の異能を使いこなして人々の暮らしに貢献する〝水読みの姫〟。その仕事ぶりや交流の中で覗かせるだろう異能に対する価値観は、己の異能を受け入れきれていないザカライアにとっていい刺激になるはずだ。ダーレンはそう考えた。

セレストは首を傾けた。

「……ダーレンさんはザカライア様に異能を使いこなしてほしくて、私とお見合いさせようとしたの？」

「彼からすればお節介だろうけどね」

へらりとダーレンは笑った。

「でも僕は、ザカライアが自分の異能をもう一度受け入れるきっかけになればいいと思ったんだよ。ザカライアに何があったにしろ、自分の異能を嫌って封印するなんてもったいないじゃないか。それにほら、一族じゃない異能持ちへの指導も僕らの仕事のうちだし」

「……」

「僕と違ってたくさんの人を守れる力なんだから、使いこなしてほしいんだよ」

そう言ってダーレンは窓の外に見えるヴォイルフ城へ目を向けた。その横顔は少しだけ照れたようでも拗《す》ねているようでもあり、不思議と子供っぽく見える。

セレストは微笑みダーレンの横顔を見つめた。

要するに、ザカライア様のことが心配だからなのよね。こんなことを言っているけど。

セレストとダーレンは小さい頃から交流してきた従兄妹なのだから、長々と言い訳しなくてもいいのに。そう思いつつもこの釈明こそダーレンとザカライアの友情の証《あかし》のように思え、セレストは嬉しいようなほっとしたような気持ちになった。

それからまたダーレンはセレストのほうを見た。先ほどまでの空気はどこへやらの悪戯《いたずら》っぽい笑顔である。

これはまずいような……。

「ところで、セレストはザカライアのことどう思っているの？」

「ど、どうって……」

ああもうダーレンさんまで！

予想はしていても心の準備までできているわけではなく、セレストは視線をさまよわせた。

「ダーレンさんは私とザカライア様を本気で見合いさせる目的で、お父様の話に乗ったわけではないのでしょう？」

「いやあ、本当に君とザカライアが結婚するのも悪くないと思うんだよ」

「え？」

「彼なら君のお転婆《てんば》ぶりと仕事好きと馬好きを笑って受け入れるし。彼にとっても君みたいに仕事に理解がある子なら、安心して仕事に取り組めるだろうしね。それに君たち、似た者同士だし」

にっこりとダーレンは笑う。セレストは頬を赤らめた。全身が熱いのを通り越してかゆくなってくる。

今すぐこの場から逃げたい……！　コルヌコピアに乗ってどこかに逃げたい……！

「で、彼のことはどう思っているの？」

「……」

止《や》まない追及にセレストは顔をぷいとそむけた。視線を合わせていられない。

「……素晴らしい方だと思うわ。領民に慕われているのは何度も見たし、いつも私のことを気《き》遣《づか》ってくださるし。私が馬に夢中になっているのも笑って受け入れてくださるし……」

「……でも？」

「私は預言の異能を持つ者よ。自分の異能を受け入れられない人と結婚なんて、できないわ」

意地の悪い人。ザカライア様と結婚する気があるか、言わせようとするなんて。

心の中でダーレンに文句を言いながら、セレストは本音をはっきり口にした。

ザカライアともっと一緒にいたいと思っている自分は自覚している。彼といると楽しいし、
不意に見る仕草に鼓動が高鳴る。他の誰に対してもこんな気持ちになったことはない。だから
昨夜、あんな妄想をしてしまったのだ。

でもその一方で心の冷めた部分は、セレストに説教する。

確かに自分は彼を意識しているし、彼と結婚するのは政治的な視野で見ても正しい。

けれど彼はお前に嘘をついた。彼は一部を封じるほど己の異能を嫌っている。

己の異能を使いこなせない男と共に、預言の異能を守っていくつもりなのか――――と。

セレストは骨の髄まで預言の異能の番人だった。幼い頃から背負ってきた己の異能への責任感が、嘘つきで未熟な異能持ちを拒んでいる。

そのせいで芽生えかけた気持ちは先に進めないのだ。この心の声を無視することはできない。

言葉や表情からセレストの考えの裏を感じとったのか。ダーレンは感情がたっぷりこもった長い息を吐きだした。

「……君の異能に対する責任感の強さには、本当に感服するよ。大公は肩を落としそうだけど」

「でしょうね。ザカライア様にも難攻不落の砦《とりで》のようだと言われたわ」

「砦って……年頃の女の子に何を言っているのかなあの朴念仁《ぼくねんじん》。というかなんでおばあ様と似たようなことを言うのかなあ……」

とダーレンは頭を抱えた。

「君のそういう異能最優先の考え方、間違いなくおばあ様のせいだよね。そりゃ他の大人《おとな》たちからもさんざん言われたものだけど、預言の異能を守る番人であれって小さい頃から君に繰り返し言い聞かせていたのはおばあ様だけだったし」

「当然のことだわ。預言の異能は人と精霊を繋ぐ大切な力だもの。悪用しようとする人を信じてしまっては駄目でしょう？」

「だからってああもしつこく言わなくてもいいものだよ。挙句《あげく》、王都の屋敷で君を勉強漬けにしたし。君と一緒に遊べないって怒るエセルたちをなだめるの、苦労したんだから」

渋い顔でダーレンは両腕を組んだ。

「……まあ、ちょっと安心したよ。君が少しは真っ当になって」

「え？」

セレストが目を丸くすると、ほらとダーレンは指を一本立てた。

「そうやって自分の感情より周りや全体の利益を優先したり、仕事と馬とエセルたちとのおしゃべりに夢中だった君がだよ？　今はこうして自分の結婚のことで、自分の感情と異能持ちの責任感を天秤《てんびん》にかけている。随分な進歩じゃないか」

「……ダーレンさん、楽しんでいないかしら？」

「まさか」

セレストはじとりとねめつけるのだが、ダーレンは軽く流して首を傾ける。しかしその顔はどう見ても面白がっているとしか思えない。

もう、他人事《ひとごと》だと思って。

まあわからないではない。セレストだってエセルから縁談がありそうと聞かされたとき、少しはわくわくしたのだ。セレストも知っている青年が相手かもしれない、という話だったし。

まさか大して日が経たないうちに、自分がからかわれる側になるとは思わなかったが。

ダーレンの瞳に悪戯っぽく、優しい光が浮かんだ。

「預言の異能持ちだからって、番人にならなくてもいいんだよセレスト。君は良くも悪くも真面目すぎる。そういうところもザカライアとお似合いだと思うんだけどさ。もっと自分の感情に素直になってもいいと思うよ」

「……」

「結婚相手としては無理でも、異能持ち同士なんだから細々と交流を続ける手もあるんだし。もう少しじっくり、ザカライアとお見合いしてやってよ」

「……わかったわ」

どのみちザカライアとは、祭礼を終えるまで顔を合わせないといけないのだ。それなら見合いを続けていても大して変わりはない。

「ダーレンさん。私がお見合いのこととザカライア様の異能の封印に気づいたことは……」

「言わないよ。言ったら彼、勝手に見合い終了を決めこみそうだし。結婚はなしとしてもあの怠け者には最低限、君の滞在中に更生のきっかけを掴《つか》んでもらわないと」

「……」

ザカライアはひねくれてしまったわけではないはずだが。

異能持ちとして放っておけないのが半分、友人としての心配が半分だとしても、このお節介ぶりは口やかましい兄貴分の領域だ。ダーレンとザカライアとは同い歳ではなかっただろうか。

しかも怠け者って……。

親愛からなのか、けなしているのか。

男の人の友情ってよくわからない。生温《なまぬる》い視線をダーレンに送った。


ヴォイルフ城の執務室でザカライアが報告書に目を通していると、聞き慣れた声が廊下から聞こえてきた。

一気に憂鬱《ゆううつ》な気持ちになったが、追い帰すわけにはいかない。ザカライアは仕方なく、入室を許可した。

「やあザカライア。可愛《かわい》い伝令をよこしてくれてありがとう」

「……嫌味に聞こえるんだが、ダーレン」

「そりゃ嫌味のつもりで言ったからね。どうして見合い相手を城下の散策に誘わないで、伝令代わりにしているんだい」

「……」

入ってくるなり満面の笑みで言われ、ザカライアはうんざりした。これだから入室を許可したくなかったのだ。

ザカライアは短く息を吐いた。

「いくら見合いとはいえ、昨日今日とあちこちへ彼女を連れ回すわけにはいかないだろう。それに彼女が直接お前と話すほうが、異能で分析したことを正確に伝えられる」

「それは確かにそうなんだけどね。まったく、君たちは本当に仕事の虫だよね。仕事を山積みにして逃げるよりはよっぽどましだけどさ」

自分のことは棚に上げ、ダーレンは両腕を組んで呆れの息を吐く。鞄《かばん》から書類を取りだした。

七日以内に訪れるだろう嵐の対策について家臣も呼んで話しあい、ザカライアの指示を受けて家臣たちが執務室を出たあと。まだ去らずにいたダーレンはところでさ、と話を切りだした。

「君とセレストのお見合い、どうなっているの？　昨日は城下を二人で散策していたってここへ来る途中に聞いたけど、上手くいったのかい？」

「……まあそれなりに」

フェデリア辺りから色々聞いたのだろうが、二人きりの城下散策の詳細を友人に語るなんて恥ずかしくてできるわけがない。ましてや途中で仕事をしていたのだ。

しかし。

「……もしかしなくても君、途中で仕事したりとかしてないよね？」

「……」

ザカライアは目をそらした。答えを改めて聞く必要のない反応に、ダーレンは呆れ果てたといわんばかりの目を向ける。

「仕方ないとはいえ、なんでこうも仕事三昧《ざんまい》なのかなザカライア。そのせいでグイグヴィル伯爵令嬢を怒らせたんじゃなかったっけ」

「その点については俺も反省しているが、急ぎの仕事を放っておくわけにはいかないだろう。セレスト嬢も理解してくれた」

「だとしてもさ。もう少し見合いらしいことをして、彼女との距離を縮めようとは思わないのかい？　領民たちだって期待しているんだしさ」

「期待？」

「領主様が大公家の公女様と親しくなさっているらしい、公女様が奥方になったらアクアネル領は安泰に違いないって」

「……っ」

にやりと笑ったダーレンの報告に、ザカライアは持っていた筆を落としそうになった。

「なんでそうなるんだ！　セレスト嬢とは仕事中か食事のときくらいしか会っていないんだぞ！」

「そういう事情は見ているだけじゃわからないでしょ。僕はここの使用人たちから、君たちの仕事の虫ぶりを聞いているけど」

半眼でダーレンは言った。

「それに〝アクアネルの黒き狼〟と大公家の公女様だよ？　国一番の大貴族で気象観測を担っていて、異能持ちを何人も抱えた大公家がセレストの後ろにいるんだ。二人が結婚したらアクアネル領の未来は明るいって、ごく普通の発想だと思うけど」

「それはそうだが……」

「まあ君がセディ川で牧場へさり気なく誘っていたのはそういう政治的な利益のためじゃなくて、視察のついでのふりでべた惚《ぼ》れの女の子と少しでも一緒にいるためだろうけどね」

「……っ」

こ、こいつ……っ！

容赦ないとどめの一撃に耐えられず、顔を真っ赤にしたザカライアは机に突っ伏した。

羞恥心《しゅうち》で顔を上げられない。今すぐリグドムの森の奥に引きこもりたくなった。

そう、ザカライアはセレストに惚れている。それはもうどうしようもないほどに。

セレストを初めて見たのは四年前、王都で催された彼女と第二王子の婚約発表の夜会だ。

ひっきりなしに話しかけてくる令嬢たちの相手に疲れて大広間の二階で休んでいたときに、当時第二王子の婚約者になったばかりの微笑みを絶やさず大臣たちと談笑する姿を遠目に見た。

そのときはただ、未来の王子妃にふさわしい振る舞いの貴族令嬢だと思った。

だから去年の年の暮れ、大公家本家に宛てた調査要請の返信で見合いを打診されてザカライアは困惑したのだ。

グイグヴィル伯爵令嬢との婚約は去年の春頃に送った手紙でラルフに伝えていたので、解消した旨を調査要請の際に軽く書きはした。だが遠回しな見合いの打診をしたつもりはない。ラルフもそう解釈したわけではないらしく、ただザカライアの人柄を見込んでとだけ書いていた。

ラルフが娘のしあわせな結婚を心から願っていることは、それまでの交流でザカライアも充分承知している。去年の夏前に届いた手紙にも、娘を不誠実な男と結婚させるところだったと嘆きと後悔を記していた。

しかしザカライアが気の利いた言葉や贈り物で貴族令嬢を喜ばせられる男ではないことは、ラルフもわかっているはずだ。仕事を優先して婚約者を怒らせてしまっていたことも手紙に書いた。

なのにどうして無骨な騎士でしかない年下の趣味仲間を、大事な娘の見合い相手に選ぶのか。あの可憐《かれん》な公女を仕事より優先する男は、いくらでもいるはずだ。

これ以上ない良縁だとわかっていても飛びつく気にはなれず、ザカライアはダーレンに相談した。角《かど》を立てずに断りたかったのだ。

だが、逆に説得されてしまった。

『美人で世にもまれな預言の異能持ちで少々お転婆でも貴族令嬢としての教養は充分な僕の従妹に、何か不満な点でも？』

友人のそんな満面の笑みの圧力に、どう対抗できるというのか。見合いのことは周囲に伏せ、会うだけならと承諾するしかなかった。

……まあ確かに、馬にまたがって走らせるのを好むと聞いて興味が湧いたが。王都の夜会で見た姿や噂を聞く限り、完璧な淑女だったし。

ともかくそういう経緯で見合いを兼ねた公女の派遣が決定し、迎えた新年のある日。ザカライアはそれこそ世界が一変する場面に遭遇した。

その日のザカライアは視察先にいるうちから疲れていた。出迎えた地域の小領主の不手際が重なっただけでなく、アクアネル辺境伯夫人の座を狙《ねら》ってか令嬢が何かと話しかけてきていたのだ。見かねてか、ザカライアの家臣たちが割って入るほどだった。

セディ川の水が堰《せ》き止められたことで小さな問題がしばしば起きるようになり、その対応に追われて疲れが溜《た》まっていたというのもある。ザカライアは視察を終えると連れていた家臣たちを先に帰し、セディ川のほとりにある廃屋へ逃げこんだ。川の音を聞きながら一人になりたくなったのだ。

そう、このときザカライアは見合いのことがすっかり頭から抜け落ちていた。帰ろうとする家臣たちから釘を刺されていたのに。

廃屋の中にゲーリッシュを入れ、窓辺の椅子に腰を下ろしてうつらうつらしてどれほど経ったか。外から音や人の声がかすかに聞こえてきた。

窓の外でダーレンが銀髪の少女に何かを説明していると、少女は川辺に近づき辺りを見回した。空を見上げ、異能を解放する。

ぼんやりと一連の様子を見ていたザカライアの意識は、窓越しでも伝わってきた空気の変化で一気に覚醒《かくせい》した。

ここにきてやっと、ザカライアは銀髪の少女が第二王子の元婚約者――自分の見合い相手だと理解したのだ。

先触れによれば今日の夕方までに来るはずだったと思いだし、ザカライアは慌てた。だが寝起きで廃屋から顔を出すなんて、派遣してもらった調査員であり見合い相手でもある公女に対する領主の出迎えとして駄目すぎるだろう。ダーレンや家臣たちにも呆れられるに違いない。

そんなことをザカライアが考えて何も行動できないでいるうちに、銀髪の少女は空へ手を伸ばした。細い左手首にはめられた銀の透かし細工の腕輪がきらめく。

瞬間、ザカライアは息が止まった。そう感じた。

その横顔。純銀の髪と異能の気配に飾られ、薄い青の凛《りん》とした瞳で空の何もかもを見抜こうとするかのようで。白く細い手は青空から何かを招き抱くようで。

冴え冴えとして幻想的な――人でなくなったとすら思えるほどの。

なんと美しい――。

少女はさらに地面を見下ろし、川をたどって森へと視線を移していく。そのたびに銀の髪がきらめいた。

これが、精霊と人を繋ぐ〝水読みの姫〟――――。

異能を使いこなして世界に満ちる不可視の水を読み解いていく少女の姿に、ザカライアはただ見惚れた。

セレストとダーレンが去り、馬車の音が完全になくなったあと。ザカライアは早鐘を打つ自分の心臓と真っ赤に違いない顔を落ち着かせるため、しばらくのあいだ廃屋に籠《こも》らなくてはならなかった。

それでもまぶたの裏には、異能をふるう見合い相手の姿が焼きついたまま。

初めて抱く種類の動揺を持てあましながらヴォイルフ城へ戻り、城でぶらぶらしていたダーレンに即刻気づかれ。からかわれながら向かったセレストとの夕食の席では、必死に領主の顔を取り繕った。

ザカライアは自覚するしかなかった。自分は七歳年下の少女に恋に落ちたのだと。

ダーレンは両腕を組んで長い息を吐いた。

「君って本当に外見だけはいいわんこだよね。家の紋章にひっかけて狼とか言われているけど、中身はこのへたれぶりだし」

「仕方ないだろう。俺はこういうのと無縁だったんだ」

「逃げていただけでしょ。普段から家臣と騎士に囲まれてばっかりで、あとは城下の領民たちとわいわいやってる程度だし。夜会とかで女性に囲まれても逃げ腰だったじゃん。あれじゃ色

恋沙汰に慣れるわけがない」

「……お前、今日はやたら俺にきつくないか？」

いつもはこんなにしつこく絡んできたりしない。たまにきつい一撃は寄こしてくるが。

口を曲げてザカライアが視線を向けると、そりゃそうでしょとダーレンは腰に手を当てた。

「祠の再建も彫像制作も順調だし、見合い期間があとどれだけあるかわからないんだよ？　仕事が終わったあともしばらく滞在してもらう手はあるから、それには僕も協力するけどさ。もっと積極的に行動しないと」

「だがセレスト嬢だぞ？　ケルトレク大公の息女で宝石も服も……馬も好きなだけ手に入れられる女性にどう好意を伝えればいいか……結婚するつもりもあまりないようだし」

「だからこそ少しでも長く一緒に過ごして好きなものが何か聞きだしたり、態度で自分を売りこむしかないでしょ。というか物で釣るにしても、最後はどう普段から振る舞っているかしかないし」

「……」

そんなことはわかっている。だがどうすればいいかわからないんだ。

苛立《いらだ》ち、ザカライアは心の中でこぼした。

いつ戦場になるかわからないアクアネル領の次期領主として、ザカライアは領地と国を守る剣であれと大人たちに厳しく育てられてきた。ザカライア自身も恋愛への興味は薄く、貴族令嬢と積極的にかかわろうとしなかった。

その結果なのか、二十四歳になった今もザカライアは社交の場が苦手だ。人脈づくりや維持のために必要だと理解しているが、必要最低限をこなして帰るのがいつものことだった。

貴族令嬢の喜ばせ方なんてザカライアは知らない。表情からそのときセレストが何を欲しがっているのか考えて何度か提案してみたが、他の方法なんてどうしろというのか。

見合いだと知らない彼女からすれば、自分は仕事の依頼人でしかないのに――。

「時間はもうないんだよ、ザカライア」

ダーレンの表情と声音が変わった。柔らかでもどこか凄みがにじむ。

「君もわかっているだろう？　セレストは自分の感情より政治や自分の異能を優先して考えがちな子だ。特に異能は彼女にとって絶対だからね。預言の異能を正しく扱ってくれると心から信じられる、誠実な相手じゃないと結婚しようとは思わないよ」

「……っ」

「もちろん。政治を優先する子だからこそ君と結婚すべきと考えて、君が求婚するか大公が提案すれば受け入れるだろうけどさ」

でも、とダーレンは言葉を続ける。

「ザカライア。今の君は自分と彼女の異能を正しく扱える誠実な人間だと、自信をもって言えるのかい？」

鋭い眼差しがザカライアを射抜いた。問いかける言葉とは裏腹の、そんなわけないよねという厳しいダーレンの追い打ちが聞こえたような気さえする。

ザカライアは大きく目を見開いた。

「……お前、気づいていたのか」

「そりゃ戦場で豪風を使いこなしていたって話がいくつもある君が、城下で子供の枝にひっかかった玩具を異能でとってやるのに苦戦していたんだからね。風の強さを細かく調整できるはずなのにさ。弱い風しか使えなくなったんじゃないかって疑いもするよ」

ダーレンはそう肩をすくめた。

「まあ、疑ったのはそれだけじゃないけどね。嘆きのあまり異能の一部しか使えなくなった先祖についての記録を読んだことがあるし……僕も参列したから」

「っ」

ザカライアは息が一瞬止まった。心臓が強く脈打つ。

参列したということは――。

知っているのか、この男は。俺が異能の一部を封じたことだけでなく、あのことを。

初めて会ったときから一度も話題にしたことがなかったから、知らないのだと思っていたのに。

愕然《がくぜん》とするザカライアを見たダーレンは両腕を組み、長い息を吐いた。

「そのことは別にいいんだよ。だから僕は今まで君に何も言わなかったんだし。こんなことがなければ一生言うつもりもなかったしね」

だけどね、とダーレンは言葉の調子を強くした。

「僕は異能持ちとしても君の友人としても、君には生まれ持った異能を使いこなしてほしい。それに大事な従妹が自分の力を自分で使えなくしている、中途半端な男に嫁ぐのは嫌なんだよ」

「……っ」

「仮に、君とセレストが結婚しようって雰囲気になったとしてもさ。今の君じゃ間違いなく、彼女のお兄さんに認めてもらえないよ。あの人の妹馬鹿は半端ないから」

それはそうだろう。妹と婚約していながら他の貴族令嬢に溺れた第二王子に対して、国民を巻きこんで報復しようとした人物なのだ。生まれ持った異能を満足に使えない未熟者がなんと身の程知らずな、とザカライアを認めないに決まっている。

「さっさと腹くくりなよザカライア。本気でセレストをお嫁さんにしたいならさ」

言うと、ダーレンはじゃあねと足早に部屋を出ていった。ザカライアが止める暇もない。

あいつ、仕事をしにきたんじゃないだろう絶対。

ザカライアは舌打ちした。色恋沙汰に消極的な友人を説教しにきたとしか思えない。

だが、言わずにいられなかったダーレンの気持ちもわかるのだ。ザカライアとて己の異能を一部使えなくしてしまったことを隠し、領民に親しまれるおおらかな領主として振る舞っている自分を情けないと思っているのだから。

惚れたと自覚していながら、やっていることは彼女を裏切った第二王子殿下と大して変わらないなんてな……。

セレストをセディ川のほとりで見てからの自分を振り返り、ザカライアは胸に苦いものがこみ上げてきた。

交流を重ねるほど、ザカライアはセレストに惹《ひ》かれていった。

澄ましているようでいて表情や空気に豊かな感情がにじんでいるのは愛らしく思うし、己の異能に対する強い責任感には敬意を抱く。自分にできることを見つけては積極的に手伝おうとしてくれる細やかな気配りも、ザカライアには嬉しい。

愛《いと》しいからこそ、異能の一部を自ら封じてしまっていると知られるのが恥ずかしかった。彼女に失礼だと思いながらも、家臣たちがいないのをいいことに嘘をついてしまった。

そうして一度嘘をついてしまえば、あとは失望されたくないという恐れがザカライアに残った。

何が英雄だ。惚れているだ。こんな臆病者に彼女の夫になる資格があるはずもないだろう。

政略で夫となることはできるのかもしれない。形を整えてから時間をかければ、いつか彼女は心を開いてくれるのかもしれない。

でもそんな方法は嫌だ、とザカライアの心は叫ぶのだ。誰かの力を借りて惚れた女を囲いこむのは卑怯《ひきょう》だと、貴族なら当たり前の手順を拒む。

だが己の一部を受け入れ嘘を明かすことが、セレストの心を得るための最低限の条件だ。

今のザカライアのままでは不可能な話――。

「……」

ザカライアは立ち上がると窓を開けた。日増しに春を感じるようになった空に手を伸ばす。

異能を解放すると風が空を駆けていった。しかしすぐそよ風にまぎれ、吹いているかどうかわからなくなる。

かつてザカライアが使えた風はこんなものではなかった。矢の雨から味方を守り敵兵を足止めし、アクアネル騎士団を勝利に導いていたのだ。大岩を砕くことだってできた。

でも今はあんな豪風を操ることはできない。自分で封じてしまったから。

「……吹かせられなくなって、楽になれたんだがな」

気づけば豪風を操れなくなっていた。それでも日常生活に支障はなかったし、前の戦いでも必要に迫られることはなかったのだ。だからこのまま使えなくてもいいと思っていた。

だがそれは間違いだった。やはり牙の使い方を忘れた弱い狼では駄目なのだ。

『今の君は自分と彼女の異能を正しく扱える誠実な人間だと、自信をもって言えるのかい？』

ダーレンの強い眼差しと言葉が脳裏によぎり、ザカライアは伸ばした手をきつく握った。

……自分の異能から逃げるのは終わりにしないとな。

己の異能や責任と向きあって凛と立つ、あの美しい異能の番人の心を得たいなら。己の力を使いこなし、預言の異能を共に守る覚悟を決めた誠実な男でなくてはならない。

自分の弱さに打ち勝ち、本物の英雄になるのだ。

第四章　勇気をもたらす風

「公女様、これはどうすればいいんですかね」

「それはここを――」

領民の男が色とりどりの装飾がされた細長い棒を持ってきて、気象観測所の職員と話をしていたセレストは振り返って説明する。指示を受けた領民の男は頭を下げ、仲間のところへ戻っていった。

リグドムの森の奥で祠《ほこら》の再建が順調に進む一方。森のそばにある村では完成したあとの祭礼で用いる道具の作製がおこなわれていた。セレストや気象観測所の職員の指示に従って、村の男たちが作業に追われている。

生暖かい風が吹く曇り空の下で、職員との話しあいを終えたあと。セレストはフェデリアを連れて広場を離れた。

「公女様、次はどこへ行きますか？　ヴォイルフ城に戻ります？」

「そうね……この時間は舞踊の練習をしているのかしら。そちらのほうを少し見てみるのもいいわね」

「あ、いいですね！　私も見たいです！」

セレストが思いつくまま口にすると、フェデリアは笑顔で同意する。そうして二人は森に近いところにある空き地へ向かった。

空き地に着くと、明るい調子の弦楽器の旋律に合わせて少女たちが踊っている最中だった。

邪魔にならないよう、少女たちの目につきにくそうなところに植わっている果樹の木の下からセレストとフェデリアが練習を見学してしばらく。休憩になったようで少女たちの顔の緊張感が解けた。場の空気が一気に緩む。

フェデリアも息を長く吐きだした。

「皆、すごく真剣ですね。普通の村祭りでここまで真面目《まじめ》に練習しませんよ」

「水の精霊が舞踊を見にくるかもしれないと、噂《うわさ》になっているからでしょうね。精霊を怒らせると怖いことになるのは、皆知っていることだし」

「確かに」

フェデリアは重々しく頷《うなず》いた。今回の騒動がまさしくそうなのだから当然だろう。

「あ、公女様だ！」

近いところにいた少女がセレストたちに気づいて笑顔になった。この村で作業員の賄《まかな》い作りを手伝っていたので、何人かとは顔見知りになっているのだ。

セレストが微笑《ほほえ》んで応じると、数人が近づいてきた。

「公女様、もしかして練習を見てたんですか？」

「ええ。皆よく頑張《がんば》っているのね。これなら水の精霊も怒りを解いてくれそうだわ」

セレストが頷くと、少女たちは一斉に照れた表情になって顔を見合わせた。

「公女様は一緒に踊らないんですか？」

「私は水の精霊を招く祭司《さいし》の役目があるから、踊らないわ」

「えっ水の精霊って呼んだりできるんですか？」

「一応はね。でも、呼びかけに応じてくれるかどうかはわからないわ。精霊は気まぐれだから」

驚く少女たちにセレストは眉《まゆ》を下げて言う。あの水の精霊は割と人間がすることに注目しているので来てくれそうな気はするが、実際はどうか。

そこにフェデリアが自慢そうな顔をして加わった。

「すっごく素敵な衣装でお役目をするんですよね！　旦那《だんな》様も特別な衣装だってダーレンさんから聞きました」

「そうなの？」

「うん！　旦那様のは今作っている最中らしいからまだ見てないけど、公女様のは昨日城に届いたんだよ」

「……っ私たち、公女様と領主様が着飾っているのを見られるんですか？」

「離れたところで待機してたらちょっとしか見られないとかじゃないですよね？」

一斉に目を輝かせた少女たちはセレストに質問を投げてくる。

セレストは苦笑した。

「皆は泉のそばで待機することになっているから、見られると思うわ。祭礼の前に一度手順を確認することになっているし」

「やった！」

三つ編みの少女は嬉《うれ》しそうに手を叩《たた》いた。

「領主様が着飾ったのって見たことないもんね。きっとかっこいいよね」

「公女様もおめかしなんでしょう？　それで泉のほとりで儀式なんて、旅の芸人とかの物語みたい！」

他の少女たちもセレストとザカライアの祭礼の服装への期待を口にする。『ラムズロード』での採寸中の針子たちとはまた違った熱だ。

これは祭礼とは違う意味で重圧かも……。

自分の服装がこんなにも少女たちの憧れになっているのを目の当《ま》たりにして、セレストはなんだかむずかゆくなった。これで着こなせなかったらどうしようかしら、と少々不安になる。

ちなみにザカライアも特別な装束を着ることになり、『ラムズロード』とは違う城下の仕立屋が制作している。領主の正装で充分だろうとザカライアが主張したものの、ダーレンが却下したのだ。

『君が新しく服を仕立てれば、あちこちに仕事が生まれるじゃないか。仕立屋だけじゃなく、服の素材を作る工房にもさ。祭礼用の剣も一振り注文すれば、鍛冶屋《かじ》がありがたがると思うよ？』

そう楽しそうに押しきりザカライアの装束の手配をしていたと、セレストはダーレンの部下から聞いている。もちろんあのダーレンがそんな理由で仕事を増やすはずもない。見合いの演出の一環を兼ねてに決まっている。

決まったザカライア様のご衣装の案を見せてくれないのも絶対、お見合いのためよね……。

とはいえダーレンはけして服の趣味が悪いわけではないし、男らしく端整な容姿のザカライアなのだ。どんなものでも着こなすに違いない。

目の前の少女たちと同じようにザカライアの晴れ姿を想像して浮かれる自分に気づき、セレストは内心で慌てた。ここでもし浮かれているとでも思われたら、色々とからかわれたりするに決まっているのだ。ダーレンの策にはまってしまっているのも、なんとなく癪《しゃく》である。

なのでセレストは顔に出さないよう、澄ました表情を取り繕う。年頃《としごろ》の少女の観察眼を甘く見てはいけない。

そんなふうにセレストが、一応は和《なご》やかな休憩を楽しんでいたときだった。

少し離れたところで休憩していた少女たちがあ、と声をあげた。つられてセレストも彼女たちの視線の先を見ると、ザカライアが家臣を連れて空き地へ近づいてきている。

セレストは自然と表情を明るくした。

「セレスト嬢、こちらにいたのか」

「はい、嵐対策について気象観測所の方たちとの話が終わったので。水の精霊だけでなく作業員の皆さんにも、明日からの工事の一時中断については伝えてあります」

「そうか。それは助かる」

ザカライアは表情を和《やわ》らげる。礼を言われてセレストは嬉しくなった。

嵐が近づいているというセレストたちの見立てが正しいことは、気象観測によって明らかになっていた。そのためダーレンはアクアネル領や周辺地域に嵐の訪れを公表し、ザカライアも早急に対策するよう領内に通達を出している。

フェデリアは手を叩いて笑顔になった。

「じゃあ旦那様、時間が空きましたよね？　一緒に帰りましょう」

「そうだな。セレスト嬢、構わないか？」

「はい」

セレストは頷いた。浮きたつ気持ちはもちろん顔に出さない。

そうしてセレストたちが少女たちと別れようとしたときだった。

聞き慣れた――――馬の走る音が聞こえてきた。

でも、どうして森のほうから？

セレストが眉をひそめるあいだにフェデリアがセレストを庇《かば》うように立ち、ザカライアもまた腰の剣の柄《つか》を握って森の縁へと近づく。少女たちは困惑してその場に立ちすくむばかりだ。

それからすぐ、馬に乗った騎士が姿を現した。しかしその腕には血まみれの布を腹に巻いた男を抱えている。

誰もが息を呑《の》んだ。

「どうした！」

「狼《おおかみ》の群れが泉の周辺に現れました！」

「！」

ザカライアに促された騎士の報告で、一瞬にして場を緊迫した空気が支配した。

突如現れた狼の群れは食事中の作業員たちを襲い、兵士たちの反撃で逃げていったのだという。しかし数人が負傷したので応急処置をし、一番傷が重い者を騎士が馬に乗せて残りは荷車で運んでいるとのことだった。もちろん祠の再建工事は中断だ。

怪我《けが》人が運ばれていく横でそうした報告を受けたザカライアは、騎士たちに指示を出していく。それを見たセレストは、不安や恐怖で顔をいっぱいにした少女たちのほうを向いた。

「貴女《あなた》たちも早く家に帰りなさい。ここは森に近いし家畜を放している家も近くにあるから、狼が狙《ねら》うかもしれないわ」

「でも」

「彼女には私が話すわ。だから早く他の人たちにも知らせてあげてちょうだい」

ちらりと指導役のほうを見る少女にセレストは微笑んでみせる。少女たちは顔を見合わせるとわかりましたと小さく頷き、空き地から離れていった。

指導役に説明して他の少女たちも帰し、セレストがザカライアのほうを見ると彼のほうも指示を終えるところだった。

あとは自分たちも引き揚げるだけだ。セレストはザカライアのほうへ足を向けた。

――――しかし。

がさり、と音がした。しかも素早く。

セレストが森の縁を向くと、二匹の狼が森から出てきていた。どちらも口元が血で赤く染まっている。

作業員に怪我を負わせた個体……！

「っ公女様下がってください！」

剣を抜いたフェデリアが叫んだ。狼の片割れが跳びかかってきたのを剣で防ぎ、押し返す。

だがもう一頭に対しては無防備だった。二人の周囲には誰もいない。

セレストが音に気づいて振り返ったときにはもう、狼がセレストに跳びかかろうとしていた。

逃げられない――――。

そのときだった。

突然、強烈な風が吹いた。激しく叩きつけるような勢いにセレストは体勢を崩され、自然と下を向く。

狼も風に妨害されたのか、跳びかかってこなかった。セレストが顔を上げてもまだその場に留《とど》まっている。

セレストが大きく目を見開いているあいだに、大きな身体《からだ》が横から割りこんできた。

ザカライア様────！

セレストの視界をザカライアの広い背中が遮ったかと思うと、彼は剣をふるった。狼の悲鳴があがり、どさりと音が続く。

さらにセレストの横のほうでも同じような音がした。フェデリアたちがもう一頭の狼を仕留めたようだ。

「セレスト嬢！　怪我はっ？」

足元に転がした狼の死体を気に留めず、ザカライアが振り返った。手元こそ返り血に濡《ぬ》れていたが、かすり傷一つ見当たらない。

「はい、怪我はありません。助けていただいてありがとうございました」

セレストはふわりと微笑んだ。ザカライアはほっと表情を緩める。

「公女様！　大丈夫ですかっ？」

「ええ大丈夫よ。フェデリアこそ怪我はない?」

「はい! 騎士の方にも助けてもらいましたから!」

駆け寄ってきたフェデリアは笑顔でぐっと拳《こぶし》を握って力説する。その背後ではいかにも屈強そうな騎士が苦笑していた。

他にも怪我人はいないようだ。セレストは安堵《あんど》の息をついて森のほうを見た。

「……泉のほうに現れた群れからはぐれた個体でしょうか」

「だろうな。報告によるとちりぢりになって逃げたとのことだから、興奮した個体だけこちらへ来てしまったのかもしれない。……だが嵐が近いし、狼狩りは無理だな」

剣を鞘《さや》に収めながらセレストのつぶやきに応《こた》え、ザカライアは長い息を吐きだした。それから緩く首を振ってフェデリアのほうを向く。

「フェデリア、セレスト嬢を城へ送ってくれ。俺はあとで戻る」

「承知しました。公女様、帰りましょう」

「ええ」

凛《りん》とした顔で頷いたフェデリアに促され、セレストは歩きだしかけた。それでもふと気になって振り返るが、ザカライアはもう部下や村人への指示に向かっている。話しかけるのは無理そうだ。

セレストは話しかけるのを諦め、村をあとにした。

「――――公女様、なんか思ったより落ち着いてらっしゃいますね。もっと動揺していらっしゃるかと思ったんですけど」

ヴォイルフ城へ戻る途中。馬を走らせながらフェデリアは言った。

セレストは苦笑した。

「小さい頃《ころ》から気象や動植物について学ぶために、森や山へ行くことが何度もあったから。熊に遭遇したことはないけど、狼や猪《いのしし》なら襲われたことはあるのよ。蛇も木の枝から降ってきたことがあったわね」

「ええ？　怪我とかしなかったんですか？」

「もちろん、護衛がいたから平気よ。攻撃できる異能持ちもいたし。だからああいう事態でも、そんなに怖いと思ったりはしないのよね」

ぎょっとするフェデリアにセレストはさらりと答えた。

とはいっても、蜘蛛《くも》が枕元を歩いていたときは悲鳴をあげそうになってしまったけど……皆に苦笑いされたし。ああ嫌なものを思いだしてしまったわ……。

セレストが遠い目になりかけていると、フェデリアは感嘆の息をついた。

「大公家の奥様やお嬢様って、すごい方がたくさんいらっしゃいそうですね。女性でも獣に襲われても平気だし仕事するのが前提なんて、貴族やお金持ちの家の方じゃありえないですよ。旦那様の前の婚約者様も、城の中で優雅に過ごすのが大好きな方でしたし」

思いがけない人の話が出てきて、セレストは心臓が一つ強く打った。なんでもないように顔を装う。

「うちが変わっているのよ。おかげで王都にいた頃、流行の話題になってもついていくのに苦労したわ」

「でも私たち使用人からしたら、公女様みたいな方にお仕えできるのはすっごく嬉しいですよ。お仕えしてお仕事に励めるようにしたぶんだけ、私たちに返ってくるようなものですし」

セレストの小さな動揺に気づかずフェデリアは力説する。

「それに私は下働きでしたから、こうして貴族のお嬢様とたくさんお話してもらえるなんて思わなかったんです。侍女頭にも、半人前なんだから黙って仕事してなさいって言われてました。こんなに一緒にいさせてもらえるの、今でも夢みたいなんです」

にかりとフェデリアは笑った。

「だからこのままずっと公女様がいてくださったらいいのにって、城の使用人は皆言ってるんですよ」

「このままって……」

セレストは眉を下げた。

「そういうわけにはいかないわ。私は仕事でこちらへ来たのだもの。祭礼が終わったあともしばらくは滞在させてもらうかもしれないけれど、いずれは帰らないと」

「そうですよねえ……」

笑顔から一転してフェデリアはしゅんとなった。まるで耳が垂れ下がった猫である。申し訳なく思いつつも可愛《かわい》らしくて、セレストは頭を撫《な》でてやりたくなった。

しかし。

「さっきのは旦那様の奥様みたいだったのに」

「っ」

とんでもない発言が飛びだし、セレストはたちまち顔を赤くした。

「い、いきなり何を言うの！」

「だって旦那様に代わって指示していたの、そんな感じでしたもん。さっきの村の子たちもきっとそう思ってますよ」

「あれは早く皆逃げたほうがいいから、ザカライア様の代わりに指示しただけで……」

セレストは説明するが、フェデリアはもう聞いている様子ではない。セレストが去る日が近づいていることを残念がっている。

さみしいと思ってくれるのは嬉しいけれど、これは何か誤解されたような気が……。

だがもう遅い。おかしな噂にならないことを祈るしかない。

今の自分たちのままで、セレストは結婚したくないのだから。

狼の襲撃から三日後。セレストたちの予測は的中し、嵐がアクアネル領を襲った。

夜明け前から強烈な雨と風が止《や》まず、昼を過ぎても外は暗い。窓という窓が雨と風で音を鳴らし続けている。

そのためセレストは外へ出ず、自室で昨日までの業務日誌を読み返していた。

大公家は自然現象の調査依頼を引き受けた際、業務日誌に調査や講じた対策の詳細をまとめるようにしている。大公家で保管し、各地の気象観測所や研究機関、さらには次の世代の調査や研究にも役立てるためだ。

リグドムの森の被害状況や水の精霊とのやりとり、決定した様々な対策や祭礼の段取り。仕立屋からもらった、祭礼で着る装束の意匠の素描《そびょう》まで業務日誌にまとめた。もちろんザカライアの装束の意匠も素描をあとでもらって追加するつもりだ。

どんな依頼だったのか読むだけで誰でも細部まで知ることができる記録だから当然結構な量で、丁寧《ていねい》に目を通すと時間がかかる代物《しろもの》だ。けれどセレストは読み終えることができず、とうとう投げだしてしまった。

これを読んで時間を忘れたいのに、集中できない。他のことがちらついて、頭に内容が入ってこないし時間が気になってばかりだ。

窓の外に顔を向けると、見分けがつきにくい風景の遠くに川が見えた。この窓から見える景色はもう見慣れたからわかる。セディ川だ。

セレストは表情を曇らせた。

朝食のあと、セレストはセディ川の周辺を見にいくつもりだった。水の精霊が川の流れに手を加えたままとはいえ、この豪雨では氾濫《はんらん》もありうるのではと気になったのだ。セディ川の住民には避難しておくよう早めに呼びかけてあるが、まだ逃げられていないかもしれない。

だが、ザカライアに止められてしまった。

『そこまで貴女がする必要はない。あとは領主である俺や気象観測所の者たちの仕事だ』

『でも』

『貴女はもうこの嵐対策でよく働いてくれている。嵐の中にまで連れ回そうとしたら、ダーレンどころか貴女の兄君を怒らせてしまう』

笑って言われ、セレストは反論できなかった。ダーレンと父はともかく、兄ならザカライアに殴りこみか何かをしかねない。

そうしてセレストは外出するザカライアを見送ることしかできず、時間を持てあまして業務日誌を広げていたのだった。

業務日誌を閉じたセレストはもう一度窓を見た。そこに人影が見えないかと、馬鹿なことを考えてしまってため息をつく。

それでも窓から目を離すことはできないセレストの脳裏に、先日の村での出来事がよぎった。狼の足を一瞬止めたあの風は、ザカライアの異能によるものだ。吹く瞬間、彼の異能の気配がした。

あれはそよ風とは呼べない強さだった。ザカライアが自分の異能のすべてを受け入れ、封じていた豪風を再び扱えるようになりつつあるのだ。何がきっかけなのかはわからないが。

ザカライア様がご自分の異能を受け入れつつあるのは喜んでいいことだわ……でも。

異能持ちであれば、他の誰かが異能を解放したときその気配を感じるもの。セレストが異能を使うたびに何度も感じてきたザカライアは、狼を退けたあと悟ったはずだ。

今まで嘘《うそ》をついていたことをセレストに知られてしまった――と。

けれどあの日から今日まで、ザカライアがセレストに説明しようとしたことはない。いつもと変わらず、弱い異能持ちの領主のふりをしている。

セレストはそれが腹立たしく、不安だった。

異能は人々のために使うべしという一族の価値観をセレストが受け継いでいることは、ザカライアも知っているのだ。異能について嘘をつけばセレストがザカライアに不信感を抱くだろうと、簡単に想像できるはず。嘘をついた理由を説明するのが筋ではないだろうか。

なのに、どうして何も話してくださらないの？　私に話す必要はないみたいに……。

セレストこそ聞けばいいのだろう。ザカライアに今度こそ、はっきりと。この仕事が見合いを兼ねていると気づいたことに添えて聞けばいい。

そうわかっているのに、セレストはザカライアに尋ねる勇気が持てずにいた。

聞いてしまえばこの少しそわそわする、けれど居心地のいい距離が遠くなってしまうかもしれないのが怖いのだ。

領主の揉《も》めごとに口出しするばかりかこんなにも異能にこだわる自分では、ザカライアはうんざりしてしまうのではないだろうか。

もっとザカライアを一途《いちず》に慕う素直な——例えば城下の広場で見かけた令嬢のような娘こそ、彼にふさわしいのではないだろうか。

そんなことを考えてしまって、問いかける言葉がどうしても出てこなくて。今日を迎えてしまったセレストは、こうして際限なく悩み続けているのだ。

私はこんなに優柔不断で臆病な人間だったのかしら……。

『もっと自分の感情に素直になってもいいと思うよ』

ダーレンはそう言うけれど、後先考えず己をさらけだすには勇気が必要なのだ。今のセレストには難しい。

おばあ様ならきっと、自分から切りだすのに……。

古株の使用人が話してくれた若かりし頃の祖母の話を思いだし、セレストは自分が情けなくなった。

セレストが幼い頃には一族の重鎮としての地位を確かなものにしていた祖母だったが、嫁いできたばかりの頃は冷遇されていたのだという。

主君だった大公家からすれば裏切り者の娘なのだから、当然だろう。夫である初代ケルトレク大公はよそよそしく、屋敷の使用人たちの態度は冷ややかで愛想笑いすらしない。王城から同行していた侍女と料理人以外、味方はいなかった。

それでもセレストの祖母は懸命に夫や屋敷の使用人たちに話しかけ、精霊や大自然について大公家の者たちから学ぼうとした。領民とも積極的に交流し、領民や大自然とのかかわりを大切にする一族の方針に従った。

ラルフが生まれてからは、大公家の跡取りとして厳しく教育して。

そうしたケルトレク大公夫人になろうとする努力を何年も続けることで、セレストの祖母は大公家の者や使用人たちからの信頼と敬意を得ていったのだ。

周囲の思惑に翻弄《ほんろう》されながらも自分の力で道を切り開き、それでいて己の責務を忘れなかった貴婦人だからこそセレストは祖母を敬愛していた。特に今、その気高《けだか》い生きざまがまぶしく思えてならない。

勇気が欲しい……おばあ様のように自分から未来へ向かっていく強さが。ザカライア様と向きあう強さが私にあればいいのに……。

セレストは胸にこぼすと、フェデリアを連れて部屋を出ることにした。書庫で何か読めば気分転換になると思ったのだ。

そうして、廊下を歩いていたときだった。

不意に慌ただしい足音が廊下の向こうから聞こえてきた。ずぶ濡れの外套《がいとう》を着たままのザカライアの家臣が足早に歩きながら、こちらも何度か顔を合わせた年配の騎士と何かやりとりをしている。

二人の焦《あせ》った顔を見たセレストは不安で眉をひそめた。そのあいだにも彼らに近づいていく。

そうして。ずぶ濡れの家臣がザカライア様、と一際《ひときわ》大きな声で言っているのが聞こえた。

危険、とも。

「――――っ」

セレストは息を呑んだ。先を歩いていたフェデリアを追い越し、二人に駆け寄る。

周囲に気づかず話しこんでいた男たちは、セレストを見るやぎょっとした。

「っ公女様」

「申し訳ありません、声が聞こえたものですから」

簡単に謝り、セレストは二人を見た。

「ザカライア様とお名前が先ほど聞こえました。あの方はセディ川へ行かれているのでは？」

「っ……」

男たちは硬い表情で顔を見合わせた。言っていいものかと視線をさまよわせる。

男たちが黙っていたのはほんの数拍だった。

「……ザカライア様は避難先がこの嵐で半壊してしまった領民たちを別の場所へ避難させるため、現地に残っておられます」

「────っ」

セレストは今度こそ思考が停止しそうになった。

そんなの無茶よ……っ！

避難しようとしている者の中には高齢者や子供もいるはずだ。この嵐の中で彼らを守りながら他の場所まで誘導するのは難しいに決まっている。

何かの不測の事態が起きて、ザカライア様が死ぬことも────？

そう考えた途端。セレストの中の何かが弾《はじ》けた。

「コルヌコピア……私の馬の準備をお願いします」

「え」

セレストの一言に、フェデリアたちはぎょっとした。

「って公女様、まさか旦那様のところへ行くんですかっ？」

「無茶です！　危険すぎます！」

外套を着ていないほうの男が顔色を変えた。外套を着た男も混乱した表情だ。

けれど今のセレストに、制止の言葉が届くはずもないのだ。

「私は預言と水読みの異能を持つ、祭司の一族の末裔《まつえい》です。嵐が人を呑むのを黙って見ていることはできません」

乗馬服の上に雨よけの外套を重ねてフェデリアや数名の騎士を連れ、ザカライアの家臣の案内でセディ川へ向かってどのくらい経《た》ったのか。

豪雨を異能で弾きながら駆ける中、聞こえてきた音にセレストは眉をひそめた。

低く高く、長い音だ。獣のうなり声のような。

「狼……？」

「いえ、ザカライア様が吹かせてらっしゃる風の音よ」

フェデリアの不思議がる声にセレストは断言した。

大気にザカライアの異能の気配が漂っているのだ。近くにいないのにここまで気配を漂わせているのだから、彼は広範囲に音が届くほどの風を吹かせているに違いない。

ザカライア様が異能の封印を完全に解いたのだわ……！

考えてみれば当然のことなのだ。ザカライアはよき領主。領民が命の危機にさらされているのに、異能を使わずにいられるはずがない。

異能の気配は馬を走らせるほど強くなっていく。今の大公家でもこんな広範囲にこれほどの力を及ぼせる者はいないのではないだろうか。

離れた場所にいるとは思えないその圧力に、セレストは次第に驚きと恐れすら抱いた。

ザカライア様はこんなに強い異能をお持ちだったの？　確かに矢の雨を弾くことができたというけれど――。

「！　公女様、前に行列が！」

狼の遠吠《とおぼ》えのような風の音が一層強くなる中、フェデリアが叫んだ。

セレストたちの前方に、道を歩く隊列がうっすらと見えた。豪雨のせいでどのくらいの数なのかはわからない。荷馬車や馬に乗る者もいることがなんとかわかる程度だ。セレストはコルヌコピアをさらに駆けさせた。

そしてすぐ、目を見開く。

気象観測所の職員や騎士たちに守られながら避難する隊列の頭上に、豪雨は降り注いでいなかった。すべて隊列の周囲へと流れ落ちている。

隊列の真上に吹くザカライアの異能の風が彼らを守っているのだ。

セレストたちも隊列に近づくと、暴風の圧力が一瞬にして消えた。セレストは異能を使うのをやめる。

ザカライアの異能の気配を感じたときから途轍《とてつ》もない力だろうと推測していたが、想像以上

だ。この激しい雨風を弾くほどの風というだけでもすごい力なのに、効果が隊列全体よりも広い範囲に届いている。

隊列の先頭で異能の火を灯《とも》していたダーレンは、セレストを見てあーもうと言わんばかりの表情になった。

「やっぱり来るよね君なら！」

「ダーレンさん、ザカライア様はどこっ？」

「隊列の一番後ろだよ。フェデリアたちはこっちで皆を助けてあげて」

とダーレンは隊列の後ろを指差す。頷き、セレストはまたコルヌコピアを走らせた。

隊列の一番後ろで老婆を背負っていたザカライアは、セレストを見つけると顔をぎょっとさせた。

「セレスト嬢、何故《なぜ》ここに」

「ザカライア様がこちらにいると、家臣の方々からうかがいましたから」

答えながらセレストはコルヌコピアから下りた。ザカライアの隣で疲れきった顔をしながら歩く幼い少年をちらりと見る。

「そちらの方とその子をコルヌコピアへ乗せてあげましょう。かなり疲れているようですし」

「……助かる」

ザカライアは頷くと、老婆と少年をコルヌコピアに乗せた。老婆に手綱《たづな》を握らせてセレストが首を優しく叩くと、コルヌコピアは心得てゆっくり歩きだす。

「ザカライア様、この人たちはどちらへ避難させるのですか？」

「近くの蒸留所だ。すでに連絡して受け入れを準備させている。明かりを点《つ》けて俺たちを待ってくれているはずだ」

言って、ザカライアは隊列に目を向けた。

「この者たちも避難はしていたんだ。だがその避難先が風で半壊したそうでな。倒壊に巻きこまれる危険があるということで蒸留所へ向かっている途中、俺たちが見つけたんだ」

「それでこの豪雨の中、無理をしていたのですね」

隊列の荷馬車や馬に乗っているのは、多くは高齢者や身体が不自由な者だった。年齢を問わず歩いている比較的健康そうな者たちは、荷馬車や馬に乗る者の家族だろう。

高齢者や身体が不自由な者、幼い子供がいるのに半壊した避難所で嵐が過ぎるのを待つのはさぞ不安だったに違いない。危険ではあるが、仕方ないだろう。

……でも、この道も危険だわ。

セレストはダーレンの異能の火に照らされた地面を見下ろし、胸の前で両の手を握った。

ザカライアの異能の風によって豪雨からは守られている。けれど足元は叩きつける雨でどろどろになっていて、荷馬車も避難する者たちも歩きにくそうだ。

ザカライアの異能の風なら吹き飛ばせるだろう。しかしそれでは余計に気力を消耗してしまう。ここで彼が気力を使い果たして異能を使えなくなるようなことはできない。

それなら私がやればいいのよ。私は〝水読みの姫〟なのだから。

セレストは足を止めた。豪雨が遮られてはっきりした視界で隊列の最前列を見据え、異能を解放する。

「……セレスト嬢？」

異能の気配に気づいたザカライアの不思議がる声が、セレストの耳にも聞こえた。

水読みの異能を宿したセレストの目には、水に浸食された世界が映っていた。空だけでなく地面にも水の元素があふれ流れている。

そう。ぬかるんだ地面はセレストの舞台も同然なのだ。

だから――――。

セレストは両手を差しだすと手のひらに意識を集中させた。視界に映る地面を満たす水の元素に向けて、心の中で強く呼びかける。

集まりなさい、この手のひらに。

この風の中の大地はすべて人が歩むための道。水が阻《はば》んではならないのよ――――！

そうセレストが命じた途端。泥だらけの道から抜き出された水の元素――――水がセレストの手のひらへ飛んできた。最初は周辺だけだったがより遠くから飛んでくるようになり、手のひらの水の塊はたちまち大きくなっていく。

セレストは歩きながら水の塊を時折異能の風の外へ投げ捨て、最前列のさらに前の地面まで水を抜いていった。人々のずぶ濡れの服や靴からしたたり落ちる水までもがセレストの手元に集まり、豪雨の中に捨てられていく。

これで随分歩きやすくなったはずだ。地面も湿り気がまだ残っているので、靴の形をした硬いでこぼこに足をとられることもない。

隊列がにわかにざわつきだした。

「なんだこりゃ、地面が乾いていったぞ……！」

「あの銀髪のおねえちゃんがやってくれたんだ！　ほら、水を集めてる！」

「なんとまあ……」

驚きに加えて情報が隊列の後ろから前へと伝わり、ザカライアに守られていても重苦しかった空気が一変した。人々の表情が明るくなっていく。

さらに。

「皆！　大公家の公女……〝水読みの姫〟が道から水気を抜いてくれているぞ！　蒸留所まであとひとふんばりだ！　もう少し耐えてくれ！」

声を張りあげてザカライアは領民を鼓舞するのだ。風の異能で音を最前列まで散らしているのか、やけにはっきりと声が聞こえる。

領主に煽《あお》られ人々は沸きたった。一層声を弾ませて歩いていく。

それはちょっとザカライア様……！

セレストは顔を赤くした。領民たちを鼓舞するためとはいえ、これは恥ずかしい。

セレストの表情に気づいたのか、ザカライアは申し訳なさそうな表情になった。

「こういうときは体力だけでなく気力も勝負だからな。大公家の異能が守ってくれると信じさせるのが一番いい」

「……仕方ないですね」

あくまでも領民のためだとわかっているので、セレストはそう言うしかない。恥ずかしいのだが。

これ、あとでダーレンさんにからかわれるわよね絶対……。

前方にいるダーレンがそれはそれは楽しそうにしている様子が目に浮かび、セレストは頭を抱えたくなった。フェデリアも城の使用人たちに言いふらしそうだ。

水の塊を投げ捨てながら、ダーレンのからかいがなるべく穏便であるようセレストは心の底から願った。

やがて、遠くにいくつかの明かりが見えた。自然と誰かが声をあげ、また隊列に活気が生まれる。

「ザカライア様、あの明かりは蒸留所のものですか？」

「ああ、建物の影からするとそのはずだ」

ザカライアの答えに、セレストも気持ちが明るくなった。あともう少しだ。

「……貴女には助けられてばかりだな」

セレストの隣で蒸留所の明かりを見ていたザカライアが不意にそうこぼした。

ザカライアを見上げたセレストは緩々《ゆるゆる》と首を振った。

「いえ、嵐の中で困っているのに放っておくことはできませんでしたから」

「だがこんな嵐の中では、異能を使ってもこちらへ来るのは大変だっただろう。それに貴女の異能のおかげで、こうして安全に皆を歩かせてやることができる。……俺一人ではできなかったことだ」

とザカライアは一度目を伏せた。それから改めてセレストを見下ろした。

「礼を言う、セレスト嬢。貴女のおかげで民を守ることができた」

「……お役に立ててよかったです」

恥ずかしいのとは少し違う気持ちでこそばゆくなり、セレストはあまり大きくなっていない水気の塊を捨てるのに合わせて顔をそむけた。

二人が話をしているあいだにも、隊列は蒸留所に近づいていく。明かりがより大きく見え、建物の影がはっきり見えるようになってくる。

……ヴォイルフ城へ戻ったら、ザカライア様と話をしないといけないわ。

蒸留所の明かりを見ながらセレストは思った。

正直なところ、ザカライアの嘘を暴《あば》き理由を尋ねるのはまだ怖い。彼がどんな反応をするのかと不安に思う気持ちは消えない。

それでもザカライアが民を守ろうと自分の殻を破ったことは、セレストを強く刺激していた。この方と見合い相手として向きあいたいと気持ちが高揚している。

セレストは今なら感情のまま、素直に行動できる気がした。

第五章　未来へかかる橋

コルヌコピアが長い顔をすり寄せてくる。ねえねえいいでしょ、とでも言うように。

セレストは思わず笑みをほころばせ、いつになく甘えてくる愛馬の鼻を撫《な》でた。

「だめよ、コルヌコピア。甘いものはもうたくさん食べさせてもらったでしょう？　あんまり食べていたら他のものが食べられなくなってしまうわ」

指を一本立ててセレストはコルヌコピアをたしなめる。確かにこのところよく働いてくれているが、だからといってあんまり甘やかすのもよくない。

それでもずいと長い顔で主に迫るコルヌコピアとにっこり笑顔のセレストの攻防が続いて数拍。やがてコルヌコピアは諦め、すごすごと顔を引っこませた。

嵐が去って、早四日。セレストは昨日まで読書や庭園の散策で日々を過ごしていた。

というより、出させてもらえなかったのだ。

『あのね。ただでさえ君が嵐の中コルヌコピアを走らせて異能をばんばん使ったっていうおっかない人が怒ること間違いなしの話があるのに、これ以上あの人に僕たちが怒られるような武勇伝を増やす気かい？　気象観測所経由で情報は大体筒抜けなんだよ？』

『公女様は元々働きすぎなんですからお休みになってください！』

そんなことをダーレンやフェデリアに言われれば、諦めるしかないのだ。本当にあの二人は息がぴったりである。

とはいえ嵐の中で長時間異能を使い続けたぶん、セレストの身体《からだ》に溜《た》まった疲労は一晩でとれるようなものではなかったのも事実。ともかくそういうわけで今日、セレストは数日ぶりに馬や馬屋番たちとのやりとりを楽しむことができたのだった。

馬屋をあとにしたセレストは少し考えたあと、城の中に足を向けた。

案内してくれたフェデリアが目的の部屋の扉を叩《たた》くと、嵐の日にずぶ濡《ぬ》れの格好をして城に戻ってきたザカライアの家臣が顔を出した。フェデリアが用向きを伝える前ににっこりと笑みを浮かべ、中へセレストを招いてくれる。

落ち着いた色合いの部屋の中、ザカライアは寝台で上半身を起こしていた。手元に書類らしき紙を持っているところからすると、すでに執務をしているのだろう。

ザカライア様らしいけれど……ご無理をなさっていなければいいのだけど。

真面目《まじめ》な領主らしい時間の過ごし方に、セレストは少しばかり心配になった。

セレストが穏やかに身体を休めているあいだ。ザカライアは城に帰還した翌日から高熱で寝こんでいた。嵐の中であれだけの力を長時間使っていたのだ。蒸留所に避難してからも領民たちに気を配っていたのだから、疲れがどっと出てもおかしくはない。

顔を上げたザカライアは家臣の後ろのセレストを見て、顔をほころばせた。

「セレスト嬢か」

「面会できるようになったと今朝聞いたので。……構いませんか？」

「もちろん。ちょうど終わったところだ。どうぞこちらに座ってくれ」

とザカライアは持っていた書類を横の小机に置く。勧められるままセレストは寝台横の椅子《いす》に座った。フェデリアとザカライアの家臣は一礼すると、セレストが止める暇も与えず部屋を出ていく。

ちょ、ちょっと二人とも……っ。

こういうとき侍女や侍従は、部屋の隅に控えるものだろう。セレストとザカライアは未婚の男女なのだからなおさらだ。

だからセレストは今日のところは長居せず、軽く世間話をする程度で帰るつもりだったのに。

フェデリアやダーレンがあちこちに何か吹きこんでいるのだろうか。

フェデリアたちの妙な気遣《きづか》いのせいで、セレストは急に落ち着かなくなった。顔に緊張を出さないようにしながら口を開く。

「……仕事をなさっているようですけれど、もう体調はよくなったのですか？」

「ああ、熱も下がったし頭痛もおさまった。なにより、ずっと寝ているだけは性《しょう》に合わない」

「確かに。たまにはゆっくり身体を休める時間が必要とわかってはいても、すぐに飽きて色々気になってしまいますよね」

　セレストはしみじみと同意した。共感がにじみ出ていたからか、ザカライアは喉を鳴らして笑う。

「貴女《あなた》は読書や庭園の散策をして過ごしていると聞いていたが、貴女も籠《こも》っているのは退屈だったようだな。今日もそのように過ごしていたのか？」

「いいえ、今日は馬屋へ行ってきたところです。コルヌコピアもゲーリッシュも元気そうでした」

「そうか、それはよかった」

　ザカライアはほっとした顔をした。

「領内も早いうちから対策をとることができたおかげで、人の被害はどこも軽いもので済んでいる。あの避難していた者たちも皆自宅に戻り、壊れた家屋の片づけなどをしているそうだ」

「よかった。泉と祠《ほこら》は無事と聞いていたのですが、避難していた人たちのことは聞いていないので気になっていたのです」

　フェデリアから聞いたところによると、リグドムの森の祠は水の精霊が自分で守っていたため被害はなかった。泉の周辺だけ嵐の痕跡がまったく見当たらなかったのだ。麻布を被《かぶ》せて放置していた資材も無事だったので、手が空いている作業員たちで再建工事を再開したのだという。

ちなみにセディ川はあの豪雨で氾濫《はんらん》するぎりぎりの水位まで増水し、今もそのままだ。森への被害を防ぐため、水の精霊が水量を調整しているのだろう。

嵐による被害についての話が終わり、室内に沈黙が落ちた。穏やかであるような、居心地が少しだけ悪いような。なんともいえない空気が二人のあいだに流れる。

お身体のことがあるし、今日はもう帰ったほうがいいのでしょうけど……。

けれどフェデリアたちがいないのだ。場は整っている。

だから意を決して、ザカライア様と呼びかけた。

「ザカライア様にお尋ねしたいことがあるのですが」

「……俺の異能について、だな」

ザカライアは硬い表情と声で気まずそうに視線を少し落とすと、すぐセレストをまっすぐ見た。

「嘘《うそ》をついてすまない。異能を封じてしまっていると打ち明けるのが恥ずかしくて、貴女が俺の異能の程度を知らないならとごまかしてしまった。そのあとも正直に話すべきだとは何度も思ったんだが……狼《おおかみ》の件があってもまだ躊躇《ためら》って、ずるずる引き延ばしてしまった」

愚かなことだと自嘲するザカライアの表情は、本当に自分に呆《あき》れているようだった。どうしてこんなことをしたのかと後悔しているようにも見える。

ザカライア様も話そうとはしてくださっていたのね……私と同じように、踏みこめなかっただけで。

そう考えた途端。セレストの胸にあった疑問の重みが少しだけ軽くなった。いくらかは明るい気持ちになって、セレストは緩く首を振ってみせる。

「いえ、私も立ち入ったことをお聞きしようとして申し訳ありません。ただ、ダーレンさんから父がザカライア様を……その、私の見合い相手に打診したと聞きましたので。どうしても気になって」

「っ」

「城下でも、三年前に王都郊外の競馬場でザカライア様が父と談笑していたと聞いています。……父と交流がおありだったのですね」

セレストがたたみかけると、ぎくりとしていたザカライアは視線を泳がせた。後ろめたそうなのが増している。

「ザカライア様が黙っていらしたのは、父に頼まれてなのでしょう？　なら仕方ありません。父も私の性格を踏まえて、伏せたほうがいいと判断したのでしょうし」

「……そこまで知られていたか……」

セレストが苦笑すると、ザカライアは長い息を吐く。

「ケルトレク大公とは四年前……貴女が第二王子殿下と婚約したあとの夜会でお会いしたんだ。話しかけられて、馬と酒のことで話が合って。それからも交流するようになってな……」

ザカライアは視線を少し落とした。

「……正直、去年の暮れに大公からの返信を読んだときは驚いた。大公にご息女との見合いを打診していただけるようなことは、何もしていないからな」

「何故《なぜ》？　ザカライア様は数々の武功を立て、国一番の騎士と称《たた》えられていらっしゃいます。それにアクアネル領は馬と酒の名産地ですし。父が縁をより深く結ぼうと考えそうなものを、ザカライア様はお持ちだと思いますけれど」

「いや……」

セレストが眉《まゆ》をひそめると、ザカライアは首を振った。

「俺は大公家の者を、異能の風で殺したことがあるからだ」

「……え？」

セレストは目を大きく見開いた。頭の中が真っ白になる。

なにそれ、そんなの聞いたことがない――。

セレストの混乱をよそに、ザカライアは語りだした。

ザカライアは豪風を生み操る力を持った、リヴィングストン辺境伯家では数代ぶりの異能持ちだった。しかし幼い頃《ころ》は自らの異能を制御する感覚を持たず、やっていいことと悪いことの区別もついていなかったのだ。感情のまま異能の風を生んだり、人々に向けて驚かせて楽しむこともあった。

先代アクアネル辺境伯――ザカライアの父が、そんな息子の問題児ぶりに頭を悩ませないわけがない。異能の制御と異能持ちとしての心構えを息子に学ばせてほしいと、大公家に要請した。

そうして派遣されてきたのが、大公家の分家出身であるベイジル・アシュクロフトだ。赤茶の髪を首の後ろでくくった、優しい顔立ちの青年だった。

感情や思いつきに任せて異能をふるうザカライアにベイジルは根気強く、異能の制御の仕方や使いこなすための心構えを教えた。異能を人々を守り導くためにふるえと説《と》いた、初代ケルトレク大公の言葉もだ。

最初は説教くさいとうんざりしていたザカライアだったが、成長するにつれ耳を傾けるようになった。誰もが遠巻きにする自分と正面から向きあってくれるベイジルに懐《なつ》いたから、というのもある。

そうしてザカライアは無知で粗野な少年から、将来有望な跡取りに変わっていったのだ。

だからだろう。今から約九年前、先代アクアネル辺境伯はザカライアを国境周辺の巡回に参加させることにした。その頃ランストネに不穏な動きはなかったので、守るべき大地の姿を息子に全身で感じさせようとしたのだ。

だが領内の山の麓《ふもと》を巡回していたある日。ザカライアと騎士たちは先代アクアネル辺境伯が以前壊滅させた賊の残党に襲撃された。あとでわかったが、辺境伯の子息が巡回に同行していると情報が漏れていたのだ。

いくら同行している騎士たちが精鋭といっても、少数で人を守りながら大勢の敵を退けるのが簡単であるわけがない。初陣《ういじん》を済ませていない十五歳のザカライアが突然の事態に冷静でいられなかったのも、当然のことだった。

自分は次期領主なのだ。この者たちを守らなければ。自分の身を守らなければ。

いくつもの考えと感情が混ざって混乱したまま、ザカライアは異能の風の刃《やいば》を放った。結果、ザカライアは賊の残党を撃退することができた。

しかし風の刃は賊の残党だけでなく、周辺に転がっていた岩にも当たってしまったのだ。その結果岩をそのまま崖から落下させてしまい――崖の下で植物採集をしていたベイジルに岩は直撃した。

崖から見ていたザカライアが駆けつけたとき、ベイジルはもう死んでいた。

報告を受けた先代アクアネル辺境伯は一部始終をアシュクロフト家と大公家に伝えると、ザカライアを連れてケルトレク領を訪れた。ベイジルの家族に遺体を届け、謝罪するためだ。

それがベイジルを死なせてしまった自分たちの、せめてもの誠意だからと。

ザカライアも遺族に罵《ののし》られることは覚悟していた。だが彼らは謝罪するザカライアをむしろ労《いた》わったのだ。

ザカライアは泣いた。そして葬儀に参列し、自分が死なせた恩師の死に顔をもう一度見たのだ。

「だから夜会で俺に話しかけてくださったときも、大公は俺が戸惑っているのはそのせいだろうと察してくださった。まずはベイジルの話を少しして……それから馬と酒に話題を変えてくださったんだ」

ザカライアはそう、ラルフとの縁のきっかけで話を締めくくる。セレストは混乱する思考を落ち着かせようとした。

「……アクアネル領で亡くなった一族の者がいると、初めて聞きました。アシュクロフト家は当主の三男が亡くなっているとは聞いていましたけれど……」

「そうか……見合いには直接関係がないから貴女に教えないと、ケルトレク大公も手紙に書いてあった。あくまでもお互いの今の姿を見て判断するべきだからと」

「だからダーレンさんは教えてくれなかったのですね。気象観測所では、ザカライア様が異能を封じてしまわれた原因としては確信がないからと言っていましたけれど」

「実際、そのあとも俺は異能を使えていたからな。俺が異能を使えなくなったのは、ここ数年のことだ。本当にあれが原因なのか断言できなくても当然だろう」

苦く笑ってザカライアは窓の向こうを見た。

「……異能を使ってランストネとの戦いに勝利すればするほど、俺は自分の異能を素晴らしいものと思えなくなっていった。確かに多くの兵を救うことはできたが、俺が異能で兵を生かすことができたぶんだけ敵兵の命を奪うわけだからな。風の制御をし損ねて、傷つけるつもりのなかった者を傷つけることもあった。……まだ自分の力を制御できないのかと、落ちこんだものだ」

「……」

「俺が異能を使いこなせるかどうか、どう使うかで人の生死が決まってしまう……戦場でそう感じるたびに、ベイジルのことを思いだした。戦場やあの日のことを何度も夢に見たし、現実でもあのときこんなふうに使いこなせていたらと考えることは珍しくなく……異能を使うことが、ただ重かった」

尽きない後悔はやがて、もし自分の異能が平凡以下だったならという想像の繰り返しに変わっていった。異能を封印してしまうかもしれないと考えはしたが止められず、それでもいいと思いもした。

騎士団を率いる以上、たとえ異能を使わなかったとしても自分の采配が人の生死を決めることに変わりはないとわかっている。それでも自分の異能が――使いこなせないことが恐ろしかった。

そうして気づけば、ザカライアはごく弱い風しか操れなくなっていたのだ。

「……情けない話だ。貴女は自分の異能を使いこなすだけでなく守ろうともしているのに、俺は自分の異能から逃げ続けていた。このアクアネル領を守る者として、何があっても自分の異能を信じ受け入れなければならないのに」

「……」

ザカライアの横顔に自嘲が広がり、セレストはたまらなくなった。胸が締めつけられ、泣きたくなる。

十五歳の少年だったザカライアにとって、どれだけ重くつらい事故だっただろう。自分が原因なのだ。自分や騎士たちを守るため異能を使う以外の方法がなかったというのも、やりきれない。

それだけではなく、戦場ではどう異能を使っても人を死なせることから逃げられないのだ。恩師を死なせたあの瞬間を、数えきれないほど繰り返さなければならない。さらには夢にまで見て。ザカライアが自分の異能に疑問を持つようになってもおかしくない。

どうして私はザカライア様を未熟者と見下していたの？　戦場は兵が殺しあう場所。ザカライア様の過去を知らなくても、戦場でつらい経験をなさったかもしれないくらいは想像できるはずなのに……！

ザカライアはいつもセレストに優しく領民には気さくで、器の大きな領主の姿しか見せなかった。だから戦場に立つ人――――多くの人の死を見てきた人だとセレストは考えもしなかったのだ。

それでも、セレストはザカライアが秘めていた苦悩に思いいたらなかった自分が恥ずかしくなった。

「いいえ、情けなくなんてありません」

気づけばセレストは強く首を振り、ザカライアの節くれだった手に触れていた。ザカライアは驚いた顔でセレストを見る。

「恩師の死にかかわってしまって、ザカライア様が悔やみ続けるのは人として当たり前の感情です。戦場での経験から悩むようになるのも、当然のはずです」

心のうちを話せる人がいれば、もしかしたらザカライアは一部を封印してしまうほど異能を忌《い》むことはなかったのかもしれない。けれど恩師亡きあと異能を使える者は周囲におらず、ようやく来たダーレンはベイジルの親族だ。大公家にうしろめたさを抱えたザカライアが悩みを打ち明けにくかったとしても、おかしくはない。

「それでもザカライア様はお一人で苦しみと悲しみを乗り越え、ご自分の異能で民を守り導いたのです。これを領主にふさわしい振る舞いと言わずして、何を領主の振る舞いと言いましょう」

セレストはそう強く言いきってみせた。

ザカライアは顔をゆがめた。セレストにはそれが泣きそうに見えた。

「……貴女は本当に俺を救ってくれるな」

「そんな、私は何も」

「貴女が俺を認めてくれる。それが俺にとっての救いなんだ」

ザカライアはセレストの手に自分の手を重ねた。鼓動が跳ねセレストは息を呑《の》む。

「貴女がアクアネル領へ来た日……実は視察で疲れて休んでいた廃屋の中から、貴女が異能を使っているのを見たんだ」

「！」

「丘の上でも、自分の異能に責任と誇りを持つ貴女の姿勢を素晴らしいと思った」

「っ」

セレストは目を大きく見開いた。褒められる気恥ずかしさと共にじわりと感情が――喜びが胸ににじんで広がっていく。

「あの嵐の中……俺は民を守らなければというだけでなく、貴女に合わせる顔がないとも強く思った。貴女は自分の異能を使いこなし、アクアネル領のために力を尽くしてくれている。なのにいつまで過去を引きずり、自分の異能から逃げるつもりだ――と」

「……」

「そう自分に言い聞かせたとき。また豪風を操れるようになったと感覚でわかったんだ」

セレスト嬢、とザカライアは改めて名を呼んだ。

「貴女の存在そのものが、この異能の正しい使い方を俺にもう一度示してくれた。俺は貴女と出会えた奇跡を天に感謝する」

「……っ」

胸から熱を帯びた感情があふれ、セレストは唇を震わせた。目頭が熱くなる。

なんと言えばいいのかしら。この気持ちをどう言えばいいのか言葉が見つからない……。

でも、伝えたい。伝えなければ……！

「……私も。私もザカライア様にそうおっしゃってもらえることが嬉《うれ》しいです」

自分こそ泣きそうになりながらセレストは言葉をひねりだした。

「ザカライア様は私の異能に対する姿勢をよいものだとおっしゃってくれましたけれど……私はこの価値観をよいものと思えませんでした。見合いを……人をそのように判断するのは傲慢《ごうまん》でしかないのに、ザカライア様が異能を使いこなせるかどうかばかり考える自分が嫌になりました」

「……」

「でもザカライア様はこんな私の頑《かたく》なさを受け入れ、奇跡だと言ってくださる……こんなに嬉しい、自分を誇りに思えることはありません」

どうか伝わってほしいと強く願いながら、セレストはそう無理やり笑みを作った。

この出張はザカライアとの見合いを兼ねていると気づいてから、セレストは自分の異能に対する価値観の頑なさに振り回されてばかりだった。異能を使いこなせないザカライアを受け入れることができず、垣間《かいま》見《み》えた自分の傲慢で臆病な一面が嫌でならなかった。

それでもザカライアを導くことができたのなら、この頑なさもまた己の一部と受け入れていいのかもしれない。セレストは思った。

ザカライアは優しい表情になった。

「俺は貴女が傲慢だというものさしを、そうとは思わない。大きな力を背負う者が伴侶《はんりょ》選びに慎重になるのは当然だし、そうでなくてはならない。貴女の考え方は間違っていない」

「そう、でしょうか」

「そうだ。何より、俺は貴女に嘘をついて自分を少しでもよく見せようとしていたしな。貴女に嘘を知られたと気づいてもまだ話そうとしなかったし……貴女が俺に失望しても仕方ない」

ザカライアは自嘲の色で笑う。

「俺たちは互いに、自分が足りないと思うものを相手に見つけたのだろうな」

「……そうですね」

互いに知らないことや隠しごと、足りないものがいくつもあって。それが恥ずかしくて一層ありのままの自分を見せられず、尋ねることもできずにいた。互いに見栄《みえ》を張っていた。でも自分を見つめ直し、こうしてすべてさらけだすことができたのだ。

セレストはやっと見合い相手――ザカライア・リヴィングストンと出会えたような気がした。

唐突にザカライアは表情を改めた。セレスト嬢、と呼びかける。

「貴女に結婚願望があまりないことは以前聞いた。だが今、貴女に聞きたい。俺は貴女の見合い相手にふさわしい男だろうか？」

「……！」

セレストは頭の中が真っ白になりそうになった。

それは……ザカライア様は私との婚約を望んでくださっている……？

言葉の意味を理解して、セレストの頰《ほお》はたちまち赤くなった。心臓が早鐘を打ちだす。

しかしザカライアも似たようなもの。顔を赤くして視線をさまよわせ、緊張しきった様子だ。

それでもザカライアは視線をセレストに定めた。雄々しさと必死な色が紫水晶の瞳で揺らめく。

「俺はこの縁を逃《のが》したくない。俺のことを知ったうえで、ケルトレク領へ帰る前に答えを聞かせてほしい」

「……はい、もちろん」

セレストは微笑んで答えた。

誰がこの英雄を見合い相手にふさわしくないと言えるだろうか。

ザカライアの体調がよくなるのは早かった。セレストと同じように、周囲の者たちが療養に専念しろとうるさかったのだ。

『まだ完全には体力が戻ってないんだから、部下の報告を聞く以外は大人《おとな》しくしてなよ。お見合いがてらセレストに看病してもらってさ』

からかいの色しかない笑顔を浮かべ、見舞いに来たダーレンはセレストとザカライアに言ったものだ。二人が真っ赤になったのは言うまでもない。

そんな療養中、グイグヴィル伯爵家から謝罪の手紙がザカライアのもとにやっと届いた。泉の復旧工事にかかった諸費用も全額負担するのだという。

しかしグイグヴィル伯爵が態度を一変させたのは、ケルトレク大公ラルフの抗議があったからではない。

自分の領地にある気象観測所からセディ川上流での異変の原因を聞いた流域各地の領主たちだけでなく、グイグヴィル伯爵領の領民までもがグイグヴィル伯爵と令嬢を強く非難したからだ。

ネイティリア各地の気象観測所は大公家の監督下にあり、情報を共有している。そして地域の気象についての情報を各地の領主や領民へ伝えるのも、気象観測所の通常業務の一環だ。

セディ川の水位が下がった原因であるグイグヴィル伯爵令嬢の愚行も例外ではない。セレストがダーレンを通じてセディ川流域の気象観測所に対し、積極的な情報公開を要請していたとしても。

セディ川の諸問題について調査するため派遣されてきた国の役人にも、セレストとダーレンがセディ川やリグドムの森の泉へ案内しながら経緯を説明した。泉で不穏な空気を漂わせた水の精霊が姿を現すという予想外の出来事はあったものの、かえって役人たちがセレストたちの話を信用する気になった様子だったのは嬉しい誤算である。

そうした各所への根回しは功を奏し、セディ川の諸問題についてグイグヴィル伯爵家に全面的な非ありと国は早々と認定した。王都の気象観測所からの情報によれば現在、かの家に処分を与えるか検討しているところなのだという。

グイグヴィル伯爵令嬢自身も、元婚約者の領地で水の精霊を怒らせたことがセディ川流域各地や王都で噂《うわさ》になりつつあるとのことだ。少なくとも今年いっぱいは、グイグヴィル伯爵令嬢宛ての社交の誘いは激減するだろう。出席できたとしても白い目は避けられまい。

この状況では国からの処分を少しでも軽くしようと、グイグヴィル伯爵がザカライアに謝罪するのは当然のこと。ケルトレク大公からの抗議でとどめを刺すまでもなかった。

ザカライアはグイグヴィル伯爵家との問題が解決したことにほっとする一方、策の全容をセレストから聞いて少々引いていた。職務のうちと称して各地の領主や領民を扇動《せんどう》した脅迫に等しいのだから、当然ではあるが。

まあ、見合いの最中なのである。セレストがどういう人間なのか理解するのはとても大事なことだ。

ザカライアは体力が戻るとすぐ執務に励むようになり、嵐による被害への対処に追われた。セレストも祭礼についての詰めの作業で忙しい。

それでも二人の時間を確保できることはあって、書庫や庭園で過ごすようにした。アクアネル領のことやケルトレク領のこと、互いのこと。今まで話していなかったことを語りあい、ようやく見合いらしい見合いをしていると二人で笑ったものだった。

ほどなくして彫像と祠は完成し、準備はすべて整った。

そして春の青空の下、ついに祭礼の日を迎えた。


若草色の布地に柔らかな紫の刺繍《ししゅう》で縁取られた、くるぶし丈の絹の衣服。春の植物の刺繍が施された細い飾り帯。身体に巻きつけた銀糸の刺繍がきらめく空色の薄絹の端は、結いあげた銀髪に被《かぶ》せた。その上から戴《いただ》く常緑樹の枝葉の冠が、きらめく髪に瑞々《みずみず》しい彩りを添えている。

左手首には透かし細工の銀の腕輪。足元は革を編んだ靴。

そんな古代の巫女《みこ》か女神を思わせる装束をまとい、セレストは泉に腕輪をはめたほうの手を差しだした。異能を解放する。

「招かれよ、この泉に座す精霊よ。度重なる非礼を詫《わ》びる我らの祭司《さいし》を見届けたまえ」

祭礼としての演出のため、セレストはあえて古めかしい言葉で水の精霊に呼びかけた。

すると数拍して、泉の水面がざわめいた。水面から水の塊が立ち上がり、たちまち馬の形を成して水の精霊となる。

まずは第一段階、成功……！

ここで呼びかけに応《こた》えてもらえなかったら洒落《しゃれ》にならない。セレストは心からほっとした。

そうして祭礼は着飾った村娘たちの舞踊に続いた。セレストの口上のあとに陽気な演奏が村の若い男たちによって奏《かな》でられ、村娘たちは華やかに舞い踊る。

水の精霊がいるとあって場は緊張に満ちていたが、村娘たちは笑みを絶やさなかった。振付を誰かが間違えて焦《あせ》る様子もない。次第に気持ちが高ぶっていったのか村娘たちのひきつった笑みは柔らかくなり、空気も音楽そのままに明るくなっていく。

水の精霊も苛立《いらだ》った様子を見せず、舞踊を見つめている。捧《ささ》げられている舞踊を喜んでいるのかはわからないが、少なくても不快ではないようだ。

村娘たちの舞踊は成功に終わった。下がっていく村の娘たちをセレストは心の中で労わる。

そして、ついに祭礼でもっとも重要な場面にさしかかった。

さあ、ここが肝心……！

セレストは自分に言い聞かせ、緩んだ気持ちと表情を引き締めた。ザカライアと共に歩きだす。

ザカライアは現代より少し古い時代の、貴人の装いをしていた。刺繍がきらびやかな立襟《たてえり》の黒い上着に金の帯。藍《あい》色のマントには金糸で繊細な刺繍が一面に施されて重たげ。腰には幅広の装飾された剣を佩《は》いている。

普段着とは正反対の飾りたてた姿は、領主の威厳と騎士の雄々しさを兼ね備えていて立派だ。本人は柄《がら》じゃないとぼやいていたが、村娘たちはもちろんセレストも祭礼の前に見惚《みと》れたものだった。

装飾が施された柱の上に屋根を載せただけの祠の中へ入ったセレストは布を外し、彫像を水の精霊に見せた。

十歳前後の子供ほどはある大きさの、古代の装いをまとって台座に腰を下ろした若い娘の像だった。美貌に微笑みを浮かべながら竪琴《たてごと》を奏でていて、何もかもを許し包みこむような優しさと包容力を感じさせる。

「精霊よ、我らの新たな貢《みつ》ぎ物《もの》を存分に楽しまれよ」

ザカライアが呼びかけると、水の精霊は泉から上がってきた。祠に安置された彫像の周囲をぐるりと回る。

どうか、気に入ってくださいますように……！

ここで水の精霊が気に入ってくれなければすべてがご破算なのだ。セレストは祭礼を始めるとき以上に緊張して、水の精霊の検分を見守った。

やがて水の精霊は足を止めた。セレストとザカライアのほうを見る。

それを合図に、ザカライアがセレストの手に触れた。胸が高鳴り表情が変わりそうになるのをなんとか抑える。

これは仕方ないのよ……！　アクアネル領主として自分が水の精霊に語りかけるべきと、ザカライア様がおっしゃっていただけだから……っ。

「精霊よ、我らの貢ぎ物を気に入っていただけただろうか」

〈……悪くはない〉

気に入ってくれた……！

ザカライアの問いに水の精霊が答えた瞬間、セレストとザカライアの顔はたちまち明るくなった。水の精霊の言葉が聞こえない領民たちも二人の表情の変化を見たからか、場の空気は静かな期待に包まれる。

「では、我らの数々の非礼を許してくれるだろうか」

〈……いいだろう〉

言葉と共に水の精霊は首を振った。水の精霊を中心に力の波動が生まれ、たちまち泉周辺を超えてはるか遠くへ広がっていくのをセレストは感知する。

間違いない。堰《せ》き止められていたセディ川の流れが元に戻ったのだ。

けれどまだ水の精霊は去らないのだ。だから祭礼は終わらない。終わらせられない。

〈風操る若き領主よ。二度とこのような非礼をせぬと誓うか〉

「誓おう。貴方《あなた》とこのアクアネルの民に命を捧げた先祖の名にかけて」

ザカライアは即答した。何もかもを見通そうとするかのような水の精霊の眼差《まなざ》しを、真正面から受け止める。

〈その言葉、けして違《たが》えるな〉

水の精霊はザカライアにそう念押しすると、緩く走りだした。セレストとザカライアの周囲をぐるりと一周する。

そしてセレストの前で止まると、セレストのザカライアと繋《つな》いでいないほうの手の指に触れた。

――――っ！

全身を貫かれたような感覚がして、セレストは目を見開いた。

視界、いや五感がゆがむ――――。

しかしセレストを襲った異常な感覚は唐突に失せた。セレストの思考はついていけず、水の精霊を見つめることしかできない。

〈祭司の末裔《まつえい》よ。我ら力の欠片《かけら》の言葉を預かる役目、けして忘れるな〉

言うや水の精霊はセレストの驚きに構わず泉へ駆けていき、水の塊となって泉に溶けた。場を支配していた水の精霊の気配がすっと失せる。

だが突然水の精霊が去ったからか、水の精霊の言葉がわからない人々は困惑した表情だ。ザカライアもセレストの異変に気づいているだろう。

私が皆に告げないと……祭礼の終わりを告げるのは、祭主の務めだわ。

セレストは振り向くと一歩前へ出た。ザカライアと繋いでいた手を離し、一同を見回す。

「これで祭礼は終わりました。水の精霊は人間の非礼を許し、セディ川の水を元の流れに戻してくれているはずです」

「さあ皆、セディ川を見にいくぞ！」

セレストの宣言を後押しするように、ザカライアが領民たちを煽《あお》った。

領主の許しを得て、待ってましたとばかりに参列していた村の者たちは走りだした。城から参列していた騎士やザカライアの家臣たちはさすがに走りださないものの、足取りも表情も上機嫌だ。

一方。ザカライアはセレストを心配そうに見下ろした。

「セレスト嬢、大丈夫か？」

「はい……少し驚いただけです」

曖昧《あいまい》に笑ってセレストはごまかした。領民たちが向かっていったほうを見る。

「セディ川を見にいきましょう。綺麗《きれい》な水が流れてきているはずです」

「……そうだな」

何か言いたそうな表情を浮かべたが、ザカライアは頷《うなず》いた。

そうして二人でセディ川へ向かってしばらくすると、わっと歓喜の声が聞こえてきた。

木々の枝葉が途切れ、セレストの視界が開けた。

まだ黄土色が消えていなかったセディ川に清らかな水が流れこんでいるのが、誰の目にも明らかだった。清流と混ざりながら、嵐の痕跡は人々の目の前で少しずつ下流へ押し流されていく。

「城に知らせろ。祭礼は無事に成功し、水の精霊は怒りを解いてくださったと」

「はっ」

ザカライアが近くにいる騎士に命じると、騎士は晴れやかな表情で敬礼して去っていった。

その背中を見送るセレストの視界の端に、靴を脱ぎスカートの端を摘《つ》まみ上げて川に入る村娘やはやしたてる青年の姿が映る。

「あー、皆はっちゃけてるねえ」

横からひょいと顔を出してきたダーレンが苦笑した。気象観測所の所長だからということで、彼も参列していたのだ。

「仕方ないだろう。祭礼は成功したし、こうしてセディ川の水の色が戻っていくのだから」

「でもあの子、もしこれで転んだりしたら村の大人《おとな》に怒られるやつだよ。祭礼のために作った服だし。こういうときの男はいたずらしたがるものだしねえ……ほら」

　ダーレンが言う端から青年の一人が村娘に水をかけた。かけられた村娘は負けじとやり返し、フェデリアが参戦する。当然、青年側にも助っ人が登場だ。

　さすがに止めに入る者がいて、それを他の者たちが呆れるやら苦笑するやらで眺めている。いささか子供じみているが、なんとも微笑ましい光景だ。

「セレスト。これだと皆しばらくここで遊んでそうだから、先に城へ戻ったら？　君、さっき水の精霊に何かされたでしょ。あ、ザカライアは護衛してあげてよ」

　セレストが浮かれる領民たちを見ていると、にっこりと笑顔でダーレンは言った。胡散臭《うさんくさ》いとしか言いようがない。

　ザカライアも両腕を組んで呆れ顔になった。

「お前な、この剣は祭礼用だぞ」

「異能を使えばいいでしょ。風で木に叩きつけるなりして、そのあいだに逃げればいいじゃん。今の君ならそのくらいの力加減、余裕でしょ」

　じゃあ頼んだよ、とダーレンは最後まで笑みを絶やさないまま去っていった。

「……露骨すぎだな」

「ええ、本当に」

　意気揚々と村娘たちのほうへ去っていくダーレンの背中を見ながら、セレストは額に指を当ててザカライアに同意した。どう考えても、セレストとザカライアを二人きりにさせたいとしか思えない。今日も見合いの演出担当は絶好調だ。

……そのためにこちらへ来たのよね、絶対。

二人のあいだに気まずい空気が流れた。近頃は二人きりでいることが多くなったとはいえこうもお膳立てされ、しかもこの格好では恥ずかしい。

ザカライアはわざとらしく咳払《せきばら》いをした。

「……あいつの策に乗るのは癪《しゃく》だが、貴女が水の精霊の影響を受けたのは確かだ。無理をしないほうがいい。先に城へ戻ろう」

「……そうですね」

視線をさまよわせてからセレストは頷いた。泉のほうに待たせてある馬車を目指して歩きだす。

少し離れるだけで領民たちのはしゃぐ声は遠のき、辺りは森の静けさに包まれた。遠くで小鳥が鳴く声が聞こえてくる。

誰もいない中、ところでとザカライアは口を開いた。

「セレスト嬢。さっき、水の精霊は貴女に何をしたんだ？　貴女がいつも水を読むときとは違う、というより……水の精霊のような気配が一瞬だけ貴女からしたのだが」

「……おそらく、私に加護を与えてくれたのではないかと」

「加護を？」

「はい」

セレストはザカライアに小さく笑んでみせると、足を止めた。数歩踏みだし、ザカライアから離れて異能を解放する。

その途端。セレストは絶句した。

世界が一変していたのだ。

目に見えないほど小さな生き物。生き物の声のようなものを放つ何か。人間にとって害のある元素、恵みとなる元素。

今まではぼんやりとその存在を認識できるだけだった濃密な生命の姿がはっきりとセレストの目に見え、存在すら感じられなかった大自然の元素の気配が感じられた。いや、頭の中に様々な姿や生態、性質の情報が流れこんでくるのだ。

地面に視線を向けても、見渡す限りの地面に含まれている水気の強弱や異物についての情報がセレストの頭の中に入ってくる。セディ川を見て上流や地図で見た支流を思い浮かべれば、上流や支流の様子が眼前の景色を塗りつぶすようにして広がりだす。

より詳細に、より遠くまで水が見える……それなら……。

セレストはふと思いついて、空を見上げた。見たい景色を思い浮かべ、空気中に浮かぶ水の粒に意識を向ける。

途端。セレストたちの上空で無数の水の粒が可視化されてきらめいた。かと思うと陽光を反射し、たちまち七色の虹が姿を現す。

やはり――。

「セレスト嬢っ？」

意識が遠のきかけた瞬間、焦った声がセレストを呼んだ。温かなものを感じ、セレストの意識はかろうじて繋ぎ留められる。

全身に疲労を感じながらセレストが見上げると、ザカライアが心配そうに見ていた。世界は普通の見え方をしている。気を失いかけたことで異能は閉じてしまったようだ。

「大丈夫か？」

「はい……なんとか」

肩を支えてくれるザカライアから離れ、セレストは頷いた。ザカライアは少しだけほっとした顔になる。

だがまだ残っている虹を見上げると、その顔はすぐに曇った。

「あの虹は……貴女がやったのか？」

「はい。空気中の水の粒を見えるようにして、さらに屈折を少し変えたのです」

「！」

「セディ川の上流と支流の水を見ることもできました。空気中に含まれているものも今までより詳細に見えるようになっていて……もしかすると、まだ他にもできるようになったのかもしれません」

「そんなことまで……」

セレストの説明にザカライアは大きく目を見開き、息を呑《の》んだ。困惑した表情になる。

「……何故、水の精霊はそんな力を貴女に与えたのだろうか」

「わかりません……私への褒美《ほうび》のつもりだったのかもしれません」

セレストは苦く笑った。先ほど見えたものや自分がしたことを思い返し、身を震わせる。

水をより深く読むことができるようになっただけならまだいい。読むのは大変だけど、きっと受け入れられるようになるわ。水を読むのは得意だもの。

けれど水の操作は違う。応用の範囲が広がったかもしれないと、なんとなく試してみただけだったのだ。こういうのはどうかしらと考えただけ。本当に空気中の水の粒を可視化したり氷の粒に変えたりして光の屈折を調整し、虹を空にかけることができるとは思わなかった。

大公家の水の異能持ちで、水を操って大規模な自然現象を発生させる力を持つ者はいない。

もしこの他にも雲にまでセレストの意思を反映させたり、川の流れに介入できるようになっていたなら。地面に含まれた水気を今より操れるようになっていたなら。

それはもう水の精霊と同等――――自然災害を生む力を手に入れたのと同じだ。

これこそがヴィド王国の半ば以前の記録に記されている、精霊の加護。

異能は生まれながらに備わった範囲を超えることはない――――という異能持ちの原則を、セレストは超越してしまったのだ。

わが身に何が起きたのかを実感し、セレストは血の気が引いた。

大規模な自然災害を操ることができるほどの力を、水の精霊はセレストに与えなかったのかもしれない。だができるようになったかもしれないと思うだけで身体がすくむ。

セレストはこれから預言だけではなく、この人間の身には余る水の異能をも守っていかなければならないのだ。異能の番人なのだから。

でも、怖い――――。

得てしまった力と責任の重さにセレストは恐れ、震えた。使いこなせなかったらと、最悪の事態が脳裏をよぎる。人々に与える被害の大きさではザカライアの豪風さえしのぐかもしれないのだ。

そのとき、セレストの手を大きなものが包んだ。節々が堅い。

ザカライアの手だとすぐ理解して見上げると、彼は優しい表情でセレストを見下ろしていた。

「今までよりも強力になった異能を恐れるのは当然だ。ましてや精霊の世界を垣間見て、思うままに操るんだ。心がすぐには追いつかなくても無理はない」

豪風を操る異能とそれゆえの苦悩を背負った英雄は言う。優しい声なのに重みがあり、セレストの心にまっすぐ届いて響く。

「貴女には父君や兄君やダーレン……異能を持つ一族の者たちがいる。貴女と同じ異能でなくても、貴女の恐れを理解しようとしてくれるはずだ。彼らを頼ればいい。……もちろん」

どこか恥ずかしそうにザカライアは視線をさまよわせると、ためらいがちな様子でセレストと目を合わせた。

「俺も……貴女が望むならいつだって話を聞こう」

セレストの胸が高鳴った。

「……っ！」

セレストの胸に熱が灯《とも》った。熱はたちまち喉を駆け上がっていく。

政治上の利益とか自分の欠点とか、そんなものはどうだっていい。

この人と一緒にいたい——————！

衝動に突き動かされるまま、セレストはザカライアの手をとった。

「ザカライア様がいいです」

「……え」

ザカライアが虚を突かれた顔をした。セレストは構わず彼の手を両手で包む。

「私はザカライア様に理解してほしいです。……私のそばで」

「……っ」

ザカライアが息を呑んだ。紫の目が大きく見開かれる。

「……それは、俺を望んでくれるということだろうか」

「はい」

どこか呆然《ぼうぜん》としたザカライアにセレストは微笑んで頷いた。

「ザカライア様が私を望んでくださるのなら」

どうか、どうか私を望んでください――――。

そうセレストが祈る気持ちで答えを待つあいだに、ザカライアの顔がゆがんだ。

そして気づけば、セレストはザカライアに抱きしめられていた。

「……夢のようだ」

セレストの頭の上からザカライアの声が降ってきた。声は感情がにじんで震えている。

「一目見ただけだったんだ。セディ川で異能を使っているのを見た瞬間、心を奪われた」

「……っ」

「空に手を伸ばした貴女が美しくて……だが俺は色恋沙汰《ざた》なんて無縁だったし、自分の異能を封じた情けない男だ。それを隠すために嘘もついた。だから貴女にふさわしくないと諦めていた」

でも、と言うようにセレストを抱きしめる腕の力が少し強くなった。

「諦めきれなかった。貴女への気持ちを捨てられなかった。みっともなくあがいて……こうして貴女が俺を望んでくれた。こんなにしあわせなことはない」

言って、ザカライアはセレストの頬を撫でた。紫水晶の目がセレストを見つめる。

この縁を逃したくないと、見合いを改めて望んでくれたときと同じかそれ以上の熱を感じて
セレストの胸は強く脈打った。たちまち頬が赤く染まる。

この方はこんな熱をずっと私に向けてくださっていたの……？

そう考えただけで、セレストは泣きだしたいほどのしあわせに包まれた。

ずっと一人でも構わないと思っていた。家業や趣味に明け暮れ、家族や友人と語らう日々に満足していたのだ。〝預言〟という稀有《けう》な異能の番人として祖母の教えを守りながら、これからも同じような毎日を過ごして人生を終えるのも悪くないと考えていた。

けれど今は違う。セレストにはもう、ザカライアと共に生きていく以外の生き方なんて選べない。

この人に支えられたい。この人を支えたい。

互いを未来への道しるべにして、二人で生きていきたいのだ。

「セレスト嬢……セレスト。俺と共に生きてくれ」

「はい、ザカライア様」

セレストは頷いた。その拍子《ひょうし》に涙が一筋こぼれる。

青空には虹がかかり、周囲では水の粒がまだ絶えずきらめいている。どこかから美しい鳥の鳴き声が二つ聞こえてくる。

天と地が祝福しているかのような森の中。ザカライアはセレストに口づけた。

終章

雨がしとしと降る中。海が見える丘の上に一頭の赤褐色の馬が駆けてきた。

ザカライアとセレストを乗せたゲーリッシュだ。セレストは『ラムズロード』で仕立てたばかりの普段着を着て、ザカライアの前に横乗りで座っている。

新たな祠《ほこら》と彫像を捧《ささ》げ、アクアネル領が水の精霊に許された日から数日。セレストはアクアネル領に留《とど》まっていた。

見聞を広めるため滞在を延長中ということにしているが、信じている者は誰もいない。セレストとザカライアのあいだの空気が明らかに変わっているのだ。ダーレンはもちろんフェデリアたちヴォイルフ城の使用人も皆、二人は恋仲になったのだと認識していた。一体どれだけ冷やかされたことか。

アクアネル領だけでなく領主にも春が来た――という噂《うわさ》はあっというまに領内のあちこちに伝わっていて、セレストとザカライアは行く先々で注目の的だった。牧場でも、城下でもだ。服を引き取るため『ラムズロード』を訪れたとき、女店主や従業員たちからいくつも質問が飛んできてたじたじになったのは記憶に新しい。連れていたフェデリアがあれこれ話そうとするのだから、余計に恥ずかしかった。

そんなふうにアクアネル領中の民からの祝福を感じる、恥ずかしくもしあわせな日々を過ごしていた今日。遠出をしようと朝食のときに誘われ、セレストはザカライアに背を預けてゲーリッシュに乗ったのだった。

ゲーリッシュから下りたザカライアは、前に乗っていたセレストの身体《からだ》を抱きかかえた。

自分で下りるつもりだったセレストは眉《まゆ》を下げた。

「ザカライア様……一人で下りられます」

「そのまま下りたら服の裾や靴が濡《ぬ》れてしまうだろう？」

「このくらい、異能でどうにかできます」

異能を使えばいいのはわかってらっしゃるくせに……。

もう、と頬《ほお》を赤く染めながらセレストは身をよじってザカライアの腕から逃げた。水たまりの上に足を乗せる。

ザカライアは目をまたたかせた。

「水たまりの上に立っているのか」

「はい。今は無理ですが、慣れればセディ川を大勢の人が渡れるようにできると思います」

「それはいい。前のような嵐のときに役立つ」

ザカライアは笑うと、セレストの頬を撫《な》でてから異能を解放した。風が二人の頭上よりさらに上で雨を防ぐ。

「だが今日はこのくらいにしておけ。雨除《よ》けなら俺も得意だからな」

「……はい」

赤い頬のままセレストは小さく頷《うなず》いた。水たまりを乾いた地面に変え、水を捨ててから異能を使うのをやめる。

精霊の加護を得て変化した感覚に慣れるため、セレストは毎日少しずつ異能を使うようにしていた。この遠出も異能の訓練を兼ねていて、城を出たときから先ほどまではセレストが雨除けをしていたのだった。

ザカライアは辺りを見回した。大した雨ではないからか、セディ川が特に荒れた様子もなく流れているのがうっすらと見える。

「セディ川の流れは問題なさそうだな」

「そのようですね。……他の場所も問題なさそうでした」

セレストは異能で見通した景色を思いだしながら同意した。それから後ろを向き、丘の上でささやかに枝を伸ばす細い木々を見る。

「あの木も無事ですね」

「ああ。……今回の嵐でも枝が折れていないな」

木々を見回し、嬉《うれ》しそうにザカライアは目を細めた。

この丘には多くの人が訪れるが日陰がない、木々があればもっと居心地がよくなるのではないだろうか――――。ザカライアの恩師ベイジルがそう先代アクアネル辺境伯に提案したことを、セレストは今日この丘へ来るときに聞いた。先代は快諾し、ベイジルは気象観測所の職員や領民たちと協力して木の苗を植えたのだという。

そうですね、とセレストも微笑《ほほえ》んで木々を見た。

「アシュクロフト家の方も、この木のことを聞いたらきっと喜んでくれると思います」

「ああ……そうだといい」

どこか祈るようにザカライアは目を伏せた。

祭礼の日の翌日、セレストは父へ手紙を送った。ザカライアとの見合いを秘密にしていたことへの抗議や、結婚を望む仲になれたこと、水の精霊の加護を得たことの報告だ。婚約に必要な諸々の手続きや、披露目《ひろめ》の席の準備をしてもらう必要もあった。

途轍《とてつ》もない恥ずかしさに襲われながら、どうにか書きあげた。エセルにも、出張の真の目的とその結果についての手紙を送ってある。

婚約の披露目の席にはアシュクロフト家の者も招くよう、手紙でラルフには頼んでおいた。その席でこの丘の木のことをかの家の者たちに話せたら。セレストは願わずにいられなかった。

「……不思議なものだな」

「？　なにがですか？」

ぽつりとつぶやきがこぼれ、セレストは首をかしげた。

いや、とザカライアは緩く首を振った。

「何がきっかけだったかは覚えていないが、ベイジルが言っていたんだ。本家には預言の異能を持つ姫君がいる、リグドムの森の奥には水の精霊がいるからいつかアクアネルに来てくれたらいいのに――と」

「まあ」

「そのときはただ、大公家にはそういう令嬢がいるのかとしか思わなかったが……」

ザカライアは少しおかしそうに笑った。

「それから俺は王都で貴女《あなた》を見かけて、数年後に貴女はアクアネルへ来て。……今はこうして俺の隣にいてくれる。不思議なめぐりあわせだと思わないか？」

「ええ、本当に」

ザカライアにぴたりと寄り添い、セレストは笑った。

「でもこれは他の人たちに話せませんね。あれこれ脚色されて、気づいたら舞台の題材になっていそうです」

だってそんなの、物語でよくある運命の恋、みたいだもの……。

特にフェデリアやダーレンあたりには話せない。エセルも女友達くらいには話しそうだし、他にも恋愛話を好む親族はいる。誰かに話せばあちこちに広まる要因しかない。

確かにな、とザカライアは喉を鳴らして笑った。

「まあ、これを誰かに話す機会はないだろう。当面のあいだは、貴女の兄君をどう説得するかという難題があるしな。今頃《いまごろ》、大公たちも悩んでいるんじゃないのか？」

「……そうですね」

あまり考えたくなかった現実を指摘され、セレストは遠い目になった。

愛が重いあの兄である。妹と婚約しようとしているのが〝アクアネルの黒き狼《おおかみ》〟だからと、すんなり納得するとは思えない。何かしらの難癖《なんくせ》をつけてくることだろう。年齢差とか、領地が戦場になりうる土地柄とか。さすがにベイジル・アシュクロフトのことは挙げてこないだろうが。

「もしザカライア様の実力を見極めると言いだしそうだったら、一族のほうで止めますから」

「いや、貴女との結婚を認めてもらえるなら決闘でも俺は構わないがな」

「っ？」

ザカライアがさらりととんでもないことを言うものだから、セレストはぎょっとした。

「……兄も結構強いですよ？　異能を使いこなすだけじゃなくて、大公家に仕える騎士たちから剣をそれなりに教わってますから」

「それは戦い甲斐《がい》があるな」

手ごわい相手なのだとセレストが忠告したのに、特に気に留めた様子もなくザカライアは言う。むしろ楽しそうに見えるのは気のせいだろうか。

勝負で認めさせようなんて、やっぱりザカライア様は騎士なのね……。

まあ、どれだけ兄が強かろうとザカライアに勝てるとは思えないのだが。豪風を再び操れるようになった護国の英雄に、一体誰が勝てるというのか。

未来の義兄と戦う気満々の恋人に、セレストは呆《あき》れの息をついた。

「では、兄がザカライア様に決闘を申しこんできても止めません。兄から正々堂々、私との婚約の承認を勝ちとってください」

「ああ、もちろん」

力強く笑みを浮かべ、ザカライアはセレストを抱き寄せる。愛《いと》しい人のぬくもりに包まれ、セレストは嬉しそうに微笑んだ。

〈終〉

あとがき

はじめまして、あるいはお久しぶりです。星霄華です。

二作目を出させていただくことになり、今回は婚約・結婚ものにということで、婚約解消と仕事の依頼から始まるお仕事ラブファンタジーとなりました。

前作は羞恥心の乏しさで周囲からつっこまれる男装巫女が主人公でしたが、今回も図鑑を持っているほどの馬好きという、ちょっとずれた感性の公女セレストが主人公。「婚期を逃す人の典型例」と親戚に呆れられる彼女の出張先での仕事ぶりと恋模様、そして護国の英雄ザカライアの成長を詰めこみました。

あくまでも恋愛メインなセレストの出張の話ですが、このプロットと設定に至るまでは紆余曲折でした。

最初に考えたときは、セレストの親世代で国家転覆があったり、不遇の時代を生き延びた親族が多数存命と、少々背景が複雑かつ重い設定でのお見合い話でした。仕事に励むこともなく、旧王家の血を引き異能を持つ貴族令嬢が現王家に忠誠を誓う辺境伯へ嫁ぐか否かですから、もちろん大反対な親族は多い設定。

そんなものですから、まずこの見合いってセレストからすると罰みたいなものなんじゃ、という話で。それをどう収拾をつけるのかと冷静になって考えてみると、無理だろでして。じゃあややこしい設定はなしにして出張先での恋愛ものにしよう、と方針転換しても恋愛要素が薄く、このままではお仕事ファンタジーになってしまいます……！　と担当様からも指摘されてラブをかき集めたり。

執筆に入ってからセレストとザカライアの内面を探るほど、周囲の影響で形成された価値観やらが原因で素直にあと一歩が踏み出せない人たちなのが見えてきましたし。ラブになってもお見合い失敗の気配がひしひしと。特にザカライア。いやもっと積極的に動きましょうよ領主様、と何度思ったことか。友人ダーレンの小言は作者の心の声です。

そういうのが何度もあって、でも婚約解消された仕事人間かつ自分の異能に思うところがある二人だからこそ意気投合しやすいんじゃ、と結論に至ってなんとか物語を最後まで書くことができました。

ラブが足りない二人をくっつけようとこそこそ、あるいは堂々と援護に励んでくれたダーレンと侍女フェデリアは功労賞ものだと思います。

それと、作者の脳内ではザカライアの愛馬ゲーリッシュもご主人様のためセレストを引き留め、あとでフェデリアから褒められたことになってます。愛馬にも助けてもらう領主様……やっぱりヘタレ……。

作者の自分が言うのもなんですが、本当にこの作品は馬の存在感が強いですね。主人公のセレストからして馬を愛でまくってますし、イギリスの水の妖精ケルピーを参考にした水の精霊も馬ですし。第一章の頭に限らず、馬を走らせる場面がてんこ盛りですし。ピンナップイラストも、馬に目を輝かせるセレストを見たい作者の願望を叶えてもらいましたし。

そんなセレストの馬好き設定は、今作の登場人物は英語圏の名前にしようと考えていたときに「イギリス……そういえば現代みたいな競馬って、イギリスかフランスが発祥だったっけ……」「乗馬趣味なら活発なお嬢様っぽくできそう」とおかしな連想に突入してしまった結果です。そこからさらに掘り下げていくうちに、馬の図鑑を持っているし種類もさらっと言える子にまでなってしまいました。

……しかし。一番「ひらめきが欲しい……！」と切実に思ったのは、タイトルのような気もしますが……字面って大事ですよね……。

最後に。

設定やプロットの穴をびしばし指摘し一緒にタイトルで悩んでくださった担当様、美麗なイラストで作品を盛りあげてくださったイラストレーターのあのねノネ様。その他、この作品の出版に関わった皆様に心からお礼申しあげます。

それでは。次作があることを切に祈って――――。

IRIS 一迅社文庫アイリス

婚約相手を知らずに婚約者の屋敷で働く少女のすれ違いラブコメディ！

『出稼ぎ令嬢の婚約騒動
次期公爵様は婚約者に愛されたくて必死です。』

著者・黒湖クロコ
イラスト：SUZ

身分を隠して貴族家で臨時仕事をしている貧乏伯爵令嬢イリーナの元にある日、婚約話が持ち込まれた！　家のための結婚は仕方がないと諦めている彼女だが、譲れないものもある。それは、幼い頃から憧れ、「神様」と崇める次期公爵ミハエルの役に立つこと。結婚すれば彼のために動けないと思った彼女は、ミハエルの屋敷で働くために旅立った！　肝心の婚約者がミハエルだということを聞かずに……。

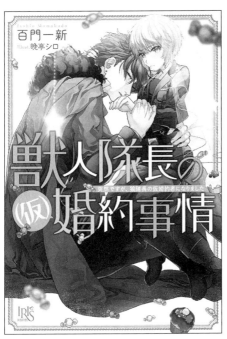

IRIS ICHIJINSHA　ICHIJINSHA

黒狼辺境伯《こくろうへんきょうはく》と番人公女《ばんにんこうじょ》
結婚《けっこん》できなかった二人《ふたり》のお見合《みあ》い事情《じじょう》

2024年12月１日　初版発行

著　者■星 霄華
発行者■野内雅宏
発行所■株式会社一迅社
〒160-0022
東京都新宿区新宿3-1-13
京王新宿追分ビル5F
電話03-5312-7432（編集）
電話03-5312-6150（販売）
発売元：株式会社講談社
（講談社・一迅社）

印刷所・製本■大日本印刷株式会社
ＤＴＰ■株式会社三協美術

装　幀■今村奈緒美

ISBN978-4-7580-9693-5

●この作品はフィクションです。実際の人物・団体・事件などには関係ありません。

この本を読んでのご意見
ご感想などをお寄せください。

おたよりの宛て先

〒160-0022
東京都新宿区新宿3-1-13
京王新宿追分ビル5F
株式会社一迅社　ノベル編集部
星《せい》 霄《しょう》 華《か》 先生・あのねノネ 先生